FUSION FANTASTIC STORY

탁목조 장편소설

천공기

穿孔機

천공기 4

탁목조 장편소설

초판 1쇄 찍은 날 § 2015년 11월 12일
초판 1쇄 펴낸 날 § 2015년 11월 19일

지은이 § 탁목조
펴낸이 § 서경석

편집책임 § 이재림

펴낸곳 § 도서출판 청어람
등록번호 § 제387-1999-000006호
등록일자 § 1999. 5. 31
어람번호 § 제1-2285호

주소 § 경기도 부천시 원미구 부일로 483번길 40 서경B/D 3F (우) 14640
전화 § 032-656-4452 팩스 § 032-656-4453
http://www.chungeoram.com
E-mail § chungeorambook@daum.net

ISBN 979-11-04-90510-0 04810
ISBN 979-11-04-90408-0 (세트)

FUSION FANTASTIC STORY

탁목조 장편소설

천공기

穿孔機

4

도서출판 청어람

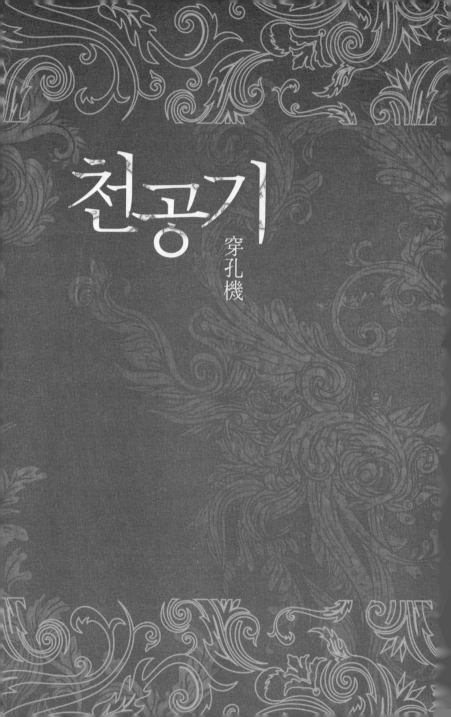

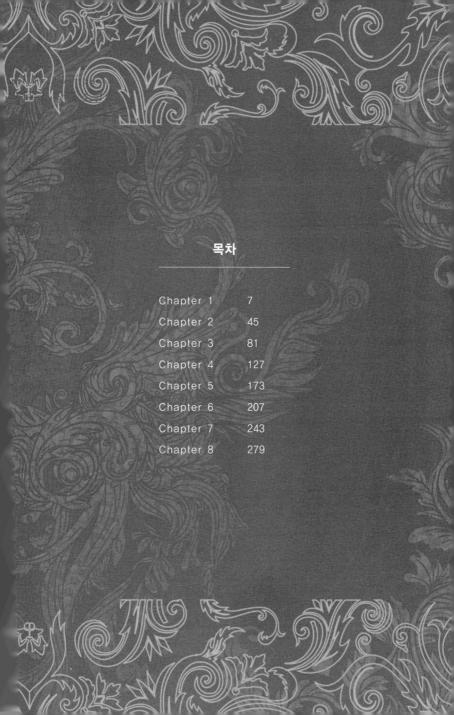

목차

Chapter 1

천 리 길도 한 걸음부터

[음음, 걱정해?]

'당연하지. 여기가 어딘지도 모르는 상황인데 걱정이 안 되겠냐?'

[음? 음?? 음??? 왜?]

'지구로 돌아갈 방법이 없잖아.'

[음? 세현, 갈 수 있어! 집, 아파트!]

'그건 나도 알아. 하지만 함께 온 사람들은? 그리고 호올은?'

세현은 혼자서 지구로 돌아가는 것은 그다지 걱정하지 않았다.

'팥쥐'가 말한 것처럼 그에겐 비상수단으로 지구로 돌아갈 방법이 있기 때문이다.

이면공간의 시스템이 어떻게 되어 있는지는 자세히 모르지만, 지구에서 이면공간으로 들어오면 다시 그 이면공간에서 지구로 나갈 수가 있었다.

물론 그것도 천공기와 그 이면공간의 등급과 맞는 주얼이 있을 때의 이야기다.

하지만 세현의 경우에는 그가 어디에 있건 자신의 소형 아파트로 이동할 수 있었다.

'꼴쥐'의 능력으로 그것이 가능했다.

그러니 세현은 어떤 이면공간에 있더라도 파란색 등급 이하라면 언제든 지구로 귀환이 가능하다는 소리다.

[음, 아니야, 사람들 데리고 가면 되는 거. 음음!]

'한꺼번에 데리고 갈 수가 없잖아. 한 사람만 데리고 가면 나머진 어떻게 하라고?'

[음음, 갔다 와. 한 명씩 데려다 주고 다시 와. 음, 그럼 되는 거야.]

'되돌아온다고? 여기로? 어떻게?'

[음? 가는 거와 같이 오는 거야. 음음.]

'가는 것과 같이? 그럼 여기 좌표를 기억했다가 지구에서 이곳으로 이동한다고?'

[음! 난 훌륭하니까. 좌표, 기억해. 음음! 세현, 천공기 주얼 다섯. 빨간색은 쓰지 못해서 넷 남아. 하나는 지구 아파트. 나머

지 셋 중에 골라. 하나. 거기에 여기 좌표 기록. 음! 그럼 되돌아올 수 있어. 음음!]

세현은 '팥쥐'의 말에 한동안 할 말을 잃었다.

세현은 지금 언제든 원하는 이면공간으로 이동할 수 있는 프리패스를 얻은 건지도 모른다는 생각을 했다.

'혹시 지금까지 우리가 함께 다닌 이면공간의 좌표를 모두 기억해?'

[음? 세현과 함께 다닌 이면공간 좌표? 음, 아니. 기억하라고 하지 않았잖아. 내가 훌륭해도 필요 없는 건 기억 안 해. 음음.]

'전에 카피로 종족과 마법진 작업할 때 좌표 설정했잖아. 그것도 기억 못해?'

[음. 기억 지워. 필요 없는 거. 음음.]

'하아, 그래, 그렇군. 그럼 다시 생각을 해보자. 사람들을 다시 지구로 데리고 갔다가 미래 필드로 데리고 오는 것보다는 미래 필드로 직접 데리고 가는 것이 좋겠지?'

[음?]

'천공기 주얼에 기록된 좌표를 지울 수도 있다고 했지?'

[음음! 해, 할 수 있어.]

'새로 등록하는 것도 되고?'

[음!]

'훌륭한 너는 필요하면 이면공간들의 좌표를 기억하는 것도 가능하고?'

[음음!]

'그럼 이곳 이면공간의 좌표와 미래 필드의 좌표를 한 개의 주얼에 번갈아 기록하면서 쓰면 몇 개의 주얼을 쓸 필요가 없잖아.'

[음? 음?! 음음!! 세현은 천재야! 음음!]

'일단 내가 지구로 가서 미래 필드로 다시 들어간 후에 거기 좌표를 네가 기억하고 이곳으로 돌아와서 필요한 경우에 사람들을 미래 필드로 이동시키면 되는 거네.'

[음음!]

[…으음! 음!!]

그때, 콩쥐가 크게 용기를 냈다는 듯이 뭔가를 세현에게 말하려 했다.

세현은 콩쥐가 전하려는 의지가 지금 '팥쥐'와 상의하고 있는 일에 도움이 될 거란 사실을 느낄 수 있었다.

[음. 혼나! 이리 와!]

하지만 콩쥐는 곧바로 '팥쥐'에게 제압당해 의식의 수면 밑으로 사라졌다.

그리고 '팥쥐'도 잠깐 동안 천공기 안쪽에서 뭔가를 하느라 세현과의 의식 연결이 끊어졌다.

하지만 곧 '팥쥐'가 나타났다.

[음음. 콩쥐, 필요한 것이 있다고 해. 음.]

'뭐가 필요한데?'

[음. 에테르 코어. 음.]

'그거 너, 빨간색부터 초록색까지 흡수했잖아. 콩쥐가 초록색이었지?'

[음. 내가 쓸 거 아니야. 콩쥐 쓸 거. 난 파란색 코어가 필요해. 콩쥐도 코어가 있으면 좋아.]

'뭐가 좋아지는 건데?'

[음. 사람들, 한꺼번에 많이 움직일 수 있어. 음음.]

'그러니까 콩쥐에게 에테르 코어를 주면 그 에테르 코어의 힘을 이용해서 나와 함께 이동할 수 있는 사람의 수를 늘릴 수가 있다고?'

[음! 맞아. 세현에게 좋아. 해줘.]

'잠깐. 초록색 등급의 콩쥐도 겨우 한 명을 옮기는데 그보다 많은 사람을 옮기려면 도대체 어떤 등급의 코어를 줘야 한다는 거야? 그게 가능해?'

[음? 음! 아니야. 콩쥐, 코어 없어. 음!]

'콩쥐가 코어가 없어?'

[음. 코어, 내가 뺏었어. 콩쥐, 없어. 그래서 힘없어.]

'허허허.'

세현은 '팥쥐'의 말에 김빠지듯 웃었다.

'하긴, 원래 그러라고 코어를 준 거지. 그럼 결국 콩쥐는 제 코어를 빼앗기고 구박만 받고 있다는 거네? 쯧쯧.'

세현은 속으로 혀를 차면서 '팥쥐'나 콩쥐에게 전해지지 않도록 의식을 조절하며 생각에 잠겼다.

그리고 한동안 생각에 잠겨 있던 세현이 다시 '팥쥐'에게 말을 걸었다.

'콩쥐에게도 코어를 순서대로 줘야 하나? 너처럼?'

[음? 아니야. 난 특별해. 콩쥐, 특별하지 않아. 코어 아무거나 줘도 되. 순서대로 안 줘도 상관없어. 대신 많이 주면 힘 세지니까 나보다 적게 줘야 해. 음음음!!]

'팥쥐'는 그게 무척 중요하다는 의지를 강하게 전해왔다.

세현은 '팥쥐'의 그런 의지에 피식 웃었다.

혹시라도 콩쥐에게 더 많은 코어를 주게 되면 콩쥐가 '팥쥐'를 구박하는 역전이 벌어질 수도 있을까 하는 생각이 든 것이다.

하지만 세현은 절대로 그걸 실험해 볼 생각이 없었다.

'팥쥐'도 출신을 알 수 없는 녀석이지만, 적어도 에테르 기반 생명체들의 근원인 코어에서 나온 녀석은 아니었다.

하지만 콩쥐는 바로 그 에테르 기반 생명체의 근원인 코어의 에고이던 녀석이라 어떻게 변할지 모르는 녀석이다.

지금은 '팥쥐'가 콩쥐를 완벽하게 제압한 상태라서 문제가 없지만, 콩쥐의 힘이 더 강해지는 상황이 오면 어떤 일이 생길지 장담할 수 없을 것이 분명했다.

'그래, 걱정하지 마. 네가 최고야. 당연하지.'

[음음음!]

세현의 말에 '꽅쥐'가 한껏 들뜬 느낌을 전해 온다.

기분이 무척 좋다는 것을 알 수 있는 느낌이다.

'그럼 콩쥐에게 노란색 코어를 주면 얼마나 많은 사람을 한꺼 번에 옮길 수 있는 건지 물어봐.'

[음음!]

'꽅쥐'가 천공기 안으로 기척을 감췄다가 얼마 후 다시 세현 을 찾았다.

[음. 노란색 코어, 열다섯. 음. 큰 사람 있으면 줄어들어. 작은 사람이면 늘어. 음음.]

'그것도 부피나 무게를 따지는 건가? 뭐 그래도 한 번에 이동 할 수 있는 사람의 수가 그 정도면 우리 팀은 한꺼번에 이동할 수 있겠네?'

세현은 저도 모르게 입 끝이 귀로 가서 걸리려는 것을 억지 로 참았다.

곤충 필드의 소멸과 함께 어딘지도 모를 이면공간에 오게 된 상황이지만 이젠 어느 정도 안정을 찾을 수 있게 되었다.

세현은 품속에서 곤충 필드에서 가지고 온 노란색 등급의 코 어를 꺼냈다.

그것 때문에 지금 이 사달이 났지만 또 덕분에 위기를 넘길 수 있게 되었다.

'이거 그냥 전처럼 주면 되는 거냐?'

[음. 내가 받아서 콩쥐 줘. 음음.]

'또 빼앗아 먹지 말고 그냥 줘. 콩쥐가 사람들을 옮기는 데 조금 여유가 있어야 하니까. 알았지?'

[으, 음.]

'너, 지금 대답 늦었어. 그러지 마. 콩쥐 능력이 아슬아슬하면 곤란하잖아. 응?'

[음! 알았어. 콩쥐 다 줄 거야. 음음!]

세현의 말에 결국 '팥쥐'가 약속을 하고 말았다.

[음. 그럼 콩쥐 한 번에 스무 명 정도 옮길 수 있어. 음.]

'그, 그러냐? 알았다. 그럼 이 코어 잘 전해 줘라.'

세현은 왼쪽 손목에 곤충 필드의 코어를 접촉시켰다.

천공기를 활성화시킨 상태에게 코어가 닿자, 곧바로 코어는 고운 입자로 변해서 천공기 안으로 빨려 들어갔다.

[음. 시간 좀 걸려. 음. 기다려, 세현.]

'팥쥐'는 그 말을 남기고 의식의 연결을 끊었다.

세현은 '도대체 얼마나 걸린다는 거야?'하고 난감한 심정이 되었지만, 낯선 이면공간에 떨어져 상심하던 조금 전과는 전혀 다른 상황이라 마음이 편했다.

*   *   *

"자, 다들 모입시다. 할 말이 있습니다."

세현이 천막 안에서 두문불출하며 뭔가 궁리하는 동안 열 명의 헌터와 호올은 그들이 도착한 위치에서 주변을 경계하며 기다리는 중이다.

세현이 이곳 이면공간에 도착하자마자 인원 점검을 하고 뭔가 방법을 찾아보겠다며 그나마 하나 남은 천막 안으로 들어가 버렸다.

그 후로 모두들 노심초사하며 기다리고 있는 참이다.

"마스터!"

"괜찮습니까?"

"여기가 어딘지 아십니까?"

"돌아갈 수는 있습니까?"

세현이 나오자 성격 급한 헌터 몇이 세현에게 물었다.

세현은 손을 슬쩍 들어서 그들의 입을 막았다.

"여러 가지 고민을 해봤습니다. 그리고 우리가 다시 미래 필드로 돌아갈 방법을 찾았습니다."

"우와! 정말입니까?"

"히야, 거 봐라! 마스터께서 알아서 하신다니까!"

"지랄, 조금 전까지 가족들에게 그래도 위로금은 많이 나갈 거라면서 찔찔거리던 놈이!"

"조용! 마스터의 말씀이 아직 안 끝났다!"

선임인 현필이 고함을 질러 헌터들의 소란을 정리했다.

"다만 시간이 좀 걸립니다. 지금 복귀하기 위해서 제가 가진 아티팩트를 손보고 있는 중인데, 아까 곤충 필드에서 얻은 노란색 코어를 이용해서 하는 작업입니다. 일단 그 코어가 아티팩트에 제대로 안착되는 데 시간이 걸립니다. 그 후에 몇 가지 과정을 거치면 여러분을 미래 필드로 다시 데리고 갈 수 있을 겁니다. 다만 그 시간이 얼마나 걸릴지는 지금으로선 확언을 할 수가 없습니다. 그래도 시간이 오래 걸리진 않을 거라고 생각합니다."

세현이 차분하게 상황 설명을 했다.

"다행이군. 나는 별로 상관없지만 세현, 너와 여기 헌터들은 고향 세상으로 돌아가야지."

호올이 세현 곁으로 다가서며 말했다.

사실상 그로선 어떤 이면공간이건 크게 상관이 없었다.

호올은 너무 위험한 곳만 아니라면 수련을 하며 머물 수 있는 것만으로도 만족하기 때문이다.

"그래, 나도 방법을 찾을 수 있어서 정말 다행이다."

"그럼 이젠 어쩔 거냐? 곧바로 복귀? 아니면 이곳 이면공간을 둘러볼 거냐? 여긴 초록색 등급 이면공간인 것 같은데."

호올의 물음에 세현은 길게 고민하지 않았다.

"우리가 팀을 구성한 이유가 바로 이면공간을 탐험하기 위해서였다. 지금 복귀할 방법을 찾은 이상, 이곳 이면공간을 탐색하는 것이 당연하지 않겠냐?"

"그렇게 되나? 하긴 그렇군."

호올은 세현의 말에 동감한다는 듯 고개를 끄덕였다.

그리고 세현이 헌터들에게 지시를 내리기 시작했다.

"자, 그럼 복귀가 가능해질 때까지 이곳 이면공간을 살펴보겠습니다. 모두 이면공간 탐험을 위한 팀에 자원한 것을 기억하십시오. 이것은 통상적으로 우리가 해야 할 일입니다."

세현은 헌터들이 동요하지 않도록 그들이 계약서에 사인을 할 때의 초심을 떠올릴 수 있게 했다.

그 당시의 각오라면 지금 낯선 곳에 와 있다고 해도 크게 혼란스러워할 이유가 없었다.

게다가 지금 이들은 다시 미래 필드로 돌아갈 방법이 있다는 것을 알고 있는 상황이다.

게다가 애초에 복귀가 불가능한 상황이 될 수도 있다는 것을 미리 알린 계약서에 사인을 하기도 했다.

그러니 지금 상황은 헌터들이 우왕좌왕할 상황은 절대 아니라 할 수 있었다.

"뭣들 하나? 어서 움직일 준비를 하지 않고! 알고 있겠지만 마스터의 탐지 능력이 뛰어나니까 방어 형태를 굳건히 하고 조금씩 이동하는 것으로 한다."

선임인 현필이 헌터들을 재촉했다.

세현은 '끝쥐'가 천공기 안에 숨어 있는 상태에서도 눈앞에 주변 상황을 알려주는 미니맵이 떠 있는 것을 다행이라 여겼다.

그것이 없었으면 쉽게 움직일 생각을 하지 못했을 것이다.

"자, 그럼 가봅시다. 실질적인 이면공간 탐험의 첫걸음입니다. 미래 길드의 이면공간 탐험 팀, 앞으로 콜 네임은 '팀 미래로'입니다."

"우리 팀 이름이 미래로라는 거야?"

"그런 거지. 이름이 좀 거시기한 것 같으면서도 또 괜찮은 것 같기도 하고. 거참."

"뭘 신경 써? 그냥 우리가 팀 미래로 소속이다, 뭐 그거면 되는 거지. 그래도 미래 길드에서 처음으로 생긴 공식 팀 아냐?"

"그렇게 되나?"

"자, 그만 떠들고 이동!"

세현의 지시에 '팀 미래로'가 움직이기 시작했다.

"그런데 미래로가 무슨 뜻이야?"

호올이 세현의 곁으로 다가와서 슬쩍 물었다.

"미래(未來) 로(路). 미래로 향해 가는 길, 그 길을 개척하는 팀. 그래서 미래로야."

"아, 그렇군. 재미있는 이름이다. 좋아."

호올은 마음에 든다는 듯 고개를 끄덕였다.

아마 의미 전달은 제대로 되었을 것이다.

하지만 세현은 정말 온스 종족의 언어로 미래로가 어떤 식으로 표현되었을까 살짝 궁금했다. 이면공간의 자동 통역 기능은 때로 상대의 문화를 이해하는 데 방해가 되기도 한다.

특히 언어를 이해하는 데는 전혀 도움이 되지 않는다.

낯선 초록색 등급 필드에서 밭[田)] 발견하다

"특별하진 않은 곳인 모양입니다."

이동 중에 몇 번 몬스터를 만나서 사냥까지 마친 후에 현필이 세현을 보며 조심스럽게 말을 꺼냈다.

"저도 그렇게 생각합니다. 특별한 것은 없는 초록색 등급의 필드인 것 같습니다. 몬스터의 종류가 다양한 것 같지만 그렇다고 개체 수가 많은 것은 아니고 공간 내의 에테르 수치도 크게 높지 않은 것 같습니다."

세현도 현필과 같은 분석 결과를 내놓았다.

"세현, 그럼 여기를 관리하는 이종족이 있을 수도 있겠는데?"

호올이 세현을 보며 말했다.

"나도 그렇게 생각해. 버려진 이면공간은 에테르 수치가 올라가서 결국은 전투 필드가 되고 말지. 하지만 여기는 몬스터의 수가 많지 않아. 무리를 짓는 경우도 없고. 그걸 봐서는 이곳을 관리하는 이들이 있다고 봐야겠지."

"그래, 그것도 아주 잘 관리하고 있는 것 같아."

호올이 말했다.

"그럼 이종족을 찾아보실 겁니까?"

현필이 세현에게 묻자 다른 대원들 역시 세현의 대답에 이목을 집중했다.

그들은 천공기가 없는 헌터들로 지금까지 호올 이외의 이종족은 만나본 적이 없다.

심지어 그들은 카피로 종족이 사는 카피로 필드에도 들어가 본 적이 없었다.

그러니 이종족을 만날 수도 있다는 것에 잔뜩 기대하며 흥분하는 것이다.

"이종족 대부분은 이쪽에서 적대적이지 않으면 그쪽에서도 호의적으로 대하니까 만날 수 있으면 만나보는 것이 좋겠지. 거기다가 호의를 얻으면 주변 이면공간에 대한 지도를 얻을 수도 있을 테고."

세현은 그와 함께 혹시라도 형에 대한 소식을 알아볼 수도 있지 않을까 하는 희망을 가지고 있었지만 그것은 입 밖에 내지 않았다.

초록색 등급의 이면공간은 무척 넓다.

서울의 몇 개 구(區)를 합쳐놓은 정도로 큰 곳이 초록색 등급의 이면공간이다.

거기다가 지금 세현 일행이 들어온 이면공간은 관리가 아주 잘된 곳이다.

이면공간이 지구인들의 입장에서 관리가 잘되었다고 느끼는 경우는 자연의 모든 것이 풍성하게 유지되는 상태를 말한다.

동식물이 한껏 번창하는 대자연 같은 곳.

세현 일행이 이동하고 있는 필드가 딱 그런 곳이었다.

나무는 울창하고 풀도 넘쳐났다.

때때로 몬스터가 아닌 일반적인 동물들이 일행의 기척에 놀라서 이리저리 뜀박질을 하거나 날갯짓을 했다.

중간에 만난 개울에는 수중 생물도 적절히 균형을 유지하며 살고 있었다.

"정말 좋은 곳이네."

세현은 미래 필드보다 훨씬 풍성한 이곳 필드가 무척 부러웠다.

언젠가는 세현의 미래 필드도 이곳처럼 아름다운 모습이 될 수 있기를 바라는 마음도 생겼다.

"저기, 길입니다."

그때, 앞서가던 헌터 하나가 세현을 향해 보고했다.

"길?"

세현은 급히 앞쪽으로 나갔다.

'팥쥐'가 제공하는 미니맵에는 지형이 표시되지 않는다. 그저 일정 범위 안에 있는 정도 이상의 에테르를 지닌 것들을 보여 줄 뿐이다.

당연히 지형적인 차이를 알려주진 않았다.

그 때문에 앞서가던 헌터가 숲에 나 있는 길을 먼저 발견한 것이다.

"조금 이상합니다."

그때 현필이 새로 나타난 길을 보며 고개를 갸웃거렸다.

"길이……."

"여기 이 길을 사용하는 존재는 키가 무척 작은 모양이군."

그때 호올이 현필이 하고 싶은 말을 대신 했다.

세현도 호올의 말을 듣고서 이유를 짐작할 수 있었다.

세현의 허리 높이 정도까지도 나뭇가지가 무성했다.

그 이야기는 길을 만든 존재는 그보다 키가 작다는 의미다.

"그걸 것치고는 어째 길은 넓지 않아?"

헌터 중에 하나가 동료를 보며 물었다.

"우리가 지나가기에도 넉넉할 정돈데? 키는 그 절반 정도라고? 난쟁이들인가?"

"이종족 중에 그 뭐냐, 그래, 드워프처럼 생겼다는 종족도 있잖아."

"드워프?"

"그 왜 예전에 무슨 반지 어쩌고 하는 데 나온 키 작고 어깨 넓은……."

"그런 게 있었어? 그런데 이종족 중에서도 그렇게 생긴 이들이 있다는 거야?"

"있다고 들었어. 상상으로만 존재하는 거의 모든 형태의 이종족이 이면공간에 있을 거라고들 하잖아."

"그럼 여기가 그 난쟁이 종족이 사는 곳일까?"

"그건 모르지."

헌터들은 주변 경계를 늦추지 않으면서 길을 살피며 이야기를 나눴다.

"발자국이 남지 않아서 잘 모르겠는데?"

"그러게, 발자국은 없네. 분명 이렇게 길을 만들 정도면 자주 다닌 길일 텐데."

"일단 길을 따라가 보면 뭔가 발견할 수 있겠지. 안 그렇습니까, 마스터?"

현필이 세현에게 묻자 세현은 그의 의견대로 길을 따라가 보기로 했다.

"어느 쪽으로 갈 거야?"

호올이 물었고, 세현은 숲 속으로 가는 방향과 벗어나는 방향 중에서 숲 밖으로 향하는 방향을 택했다.

그 방향이 원래 일행이 나아가고 있는 방향이었다.

"뭔 길이 있어도 도움이 안 되잖아."

"걸리적거리는 것들이 많아."

"야야, 자꾸 그렇게 가지 치지 마라, 뒤로 떨어지는 것들 제대로 정리 안 할 거면!"

키 작은 뭔가가 다닌 길은 일행에겐 무척 성가신 길이었다.

제법 넓게 길이 나 있기는 한데, 높이가 보장되지 않으니 이동하면서 계속 가지를 쳐야 했다.

하지만 그런 고생도 오래지 않아 끝이 났다.

갑자기 나무들이 확 벗겨지면서 넓은 평지가 나타난 것이다.

"농사를 짓고 있어?"

"저거 밀이야?"

"당근도 있다. 양배추도 있고, 호박에 저건 뭔지 모르겠고, 토마토 같은 것도 있는데?"

"신기하네. 밭 하나에 여러 작물을 함께 심어놨어. 굉장히 넓은데 따로따로 심은 것이 아니라 전부 함께 심어놓았네?"

지구에서 작물을 키울 때에는 종류별로 따로 심는다.

그것이 관리하기 편하고 일손이 덜 들기 때문이다.

그런데 세현 등이 보고 있는 밭에는 온갖 작물이 어우러져 심어 있었다.

그나마 그곳이 인공적인 밭이란 것을 알 수 있는 것은 작물마다 지지대를 세워두거나 줄로 묶어두어서 손길이 닿은 것을 알려주었기 때문이다.

"정말 궁금하군. 몬스터가 농사를 짓는다는 소리는 들어보지 못했으니 분명 이종족일 텐데, 딱히 떠오르는 종족이 없군."

호올이 세현의 곁에서 턱을 쓰다듬고 기억을 되새기며 말했다.

"만나게 되겠지. 그런데 이것들, 무척 맛이 좋아 보이는데?"

"그렇군."

"하지만 주인이 있는 거니까 일단 손대지 않는 걸로 하겠습니다! 모두들 작물을 건드리는 것은 삼가 주십시오!"

세현이 목소리를 높여서 헌터 대원들에게 주의를 줬다.

"야, 너, 지금 그거 따 먹으려고 그랬냐?"

"설마 내가 그런 짓을 하겠냐? 지금 우린 작전 중이라고. 아무리 널널하고 여유가 있어도 쓸데없는 짓은 하면 안 되는 거지."

"그거 듣던 중 옳은 말인데 어째 네가 하니까 이상하다?"

"조용히들 하고 모두들 이동합시다! 이동 중에 작물에 피해가 가지 않도록 신경 쓰시고!"

세현이 헌터들의 잡담을 끊어내며 이동을 지시했다.

그들이 가는 방향은 밭 중앙으로 나 있는 길을 따라서였다.

하지만 세현 일행이 길을 따라서 한참을 이동한 후에 만난 것은 밭이 끝나는 지점이었다.

그래서 다시 되돌아와 중간에서 만난 십자로에서 다른 길로 가봤지만 결과는 같았다.

결국 세현 일행이 발견한 밭은 몇 개의 길이 바둑판처럼 밭을 가로지르고 있는 모습이었다.

"아니, 이걸 관리하는 사람도 없나?"

"이렇게 넓은데 어째 사람이 하나도 안 보여?"

"그러니까. 이 정도 돌아다녔으면 농부 하나 정도는 보여야 하는 거 아냐?"

헌터들도 밭길을 모두 걷고 난 후에는 지친 표정으로 땅바닥에 주저앉아 버렸다.

육체적으로 지친 것이 아니라 고조되었던 기대감이 허물어지면서 허탈한 심정이 행동으로 반영된 것이다.

다행히 몬스터도 보이지 않으니 위험은 없었다.

세현도 슬쩍 길옆에 자리를 잡고 앉았다.

"이상하군."

"그렇지. 이상하지. 왜 이종족의 모습이 전혀 보이지 않는 걸까?"

"뭐 감지되는 것도 없는 건가?"

호올이 세현에게 물었다.

일행 중에서 가장 넓은 범위를 탐지할 수 있는 세현의 능력에 기대를 걸고 물어보는 것이지만, 세현은 고개를 저었다.

'팥쥐'의 미니맵에도 아무것도 나타나지 않고 있었다.

"이렇게 된 거, 저거라도 뽑아 먹을까?"

헌터 중에 한 명이 가까운 곳에서 자라고 있는 당근을 쳐다보며 말했다.

"그러다가 주인이 나타나서 널 죽이려고 하면?"

"그럼 미안하다고 하고 선물을 주면서 바꾸자고 하는 거지. 그렇게 되면 적어도 이종족은 찾을 수 있는 거잖아."

"시끄러워. 넌 이면공간 수칙 제1조도 모르냐? 이면공간에서 절대로 이종족에게 피해를 주지 말 것."

"알지."

"그걸 아는 놈이 그래? 너 때문에 우리 모두 위험해질 수도 있다는 거 몰라?"

"아, 그냥 답답해서 한마디 한 거다. 내가 설마 저걸 뽑아 먹겠냐? 마스터께서 작물은 건들지 말라고 명령을 내리셨는데?"

"하기야 니가 마스터의 명령을 어길 정도로 간이 부은 인간은 아니지. 하하!"

헌터들이 바닥에 주저앉은 상태로 나름의 분위기 전환용 농담을 주고받았다.

세현은 그 말을 들으면서 정말로 그들 말처럼 밭에 있는 작물을 취해서 이종족이 나타나는지 확인하고 싶은 생각도 들었다.

하지만 이종족에게 의도적으로 피해를 입히는 경우엔 어김없이 관리자의 처벌을 받게 될 터.

세현은 다시 헌터들을 독려해서 밭에서 밖으로 이어진 길을 따라 탐색을 시작하기로 했다.

"여기선 따로 발견할 수 있는 것이 없으니 길을 따라서 움직여 봅시다. 숲으로 난 길이 있고 멀리 강으로 향한 길도 있는데 어디로 갈까요?"

세현의 물음에 헌터들은 대부분 강으로 가길 원했다.

아무래도 길도 그쪽이 편하고 물이 있는 쪽이 이종족을 만날 가능성이 높을 거라 생각하는 모양이다.

하지만 강까지 뻗어 있는 길 어디에도 촌락의 모습은 보이지 않으니 그 또한 답답한 노릇이었다.

밭이 있는 작은 언덕 위에서 보면 강으로 향하는 길이 훤히 보이는데, 강에 이르도록 어디에도 집은 보이지 않았다.

"일단 찾아보자고. 길 주변도 살피고 땅속도 살피고."

호올이 오기 오른 표정으로 그렇게 말하곤 앞장서기 시작했다.

*   *   *

결국 세현과 팀 미래로는 초록색 등급의 이면공간을 샅샅이 뒤졌다.

하지만 결국 이종족은 찾지 못했다.

그나마 특별한 곳은 바둑판처럼 정리되어 있는 밭이 전부였다.

그 때문에 세현은 이면공간 전체를 살핀 후 다시 밭이 있는 곳으로 왔다.

"여기 뭔가 있을 것 같은데 말이지."

"여기도 무슨 결계 같은 걸로 마을을 숨기고 있는 걸까? 여기 밭에 잠시 나와서 농사를 짓고 또 들어가고 그러는 거지."

"그럴지도 모르지. 하여간 이종족들은 괴상한 능력을 많이 가지고 있다고 하니까."

"그나저나 저거, 굉장히 맛나게 생겼지? 꼭 수박같이 생기지 않았냐?"

"그러게. 비슷한 거 같다. 쫙 쪼개서 시원하게 샤샤샷, 후르륵!"

"여기 농사를 누가 지었는지 모르겠지만 보면 작물이 정말 잘 자란 거 같아. 안 그러냐?"

"그러게. 농사는 정말 잘 지었다. 그건 인정."

"맞아. 이런 건 백화점 명품 코너에서도 보기 어렵다고. 그냥 보고만 있어도 맛이 느껴지는 거 같지 않냐?"

"우리가 한동안 제대로 된 음식을 못 먹어서 그런 것도 있지만 냄새도 그렇고 색도 그렇고 아주 맛있어 보이긴 하다."

다시 밭의 중앙에 모인 팀 미래로는 이곳에서 시간을 보내기로 결정했다.

어차피 '팥쥐'가 나와야 세현도 현실로 갔다가 다시 미래 필드로 이동하고, 그곳 좌표를 가지고 이곳으로 돌아와서 일행과 함께 이동할 수 있었다.

그때까지 몬스터가 등장하지 않는 이곳에서 머무는 것이 제일 좋을 것 같아 내린 결정이다.

다른 곳에서는 간간이 몬스터가 나오는데 유독 밭이 있는 이곳 근처에는 몬스터는 물론이고 일정 크기 이상의 동물도 다가오지 않았다.

다른 곳보다 마음 놓고 쉬기에 좋은 장소였다.

일행은 밭의 정중앙, 길이 십자로 교차되는 곳에 자리를 잡고 천막을 쳤다.

곤충 필드에서 가지고 온 천막이 하나뿐이라 모두가 천막을 쓸 수는 없어도 헌터들은 숙영지의 상징적인 의미로 천막을 쳤고, 그들의 마스터에게 천막을 배정했다.

세현은 굳이 사양하지 않았다.

겉치레는 좋아하지 않지만 주는 선의를 굳이 거부할 필요는 없다 여겼기 때문이다.

그리고 그들이 그곳에서 편하게 휴식을 취하는 밤, 일행에게 전혀 생각지 못한 일이 벌어졌다.

몰트 종족의 밭

"…이봐, 내가 잘못 본 것이 아니라면, 저기 아까 토마토가 있지 않았어?"

"그랬지. 쓰러지지 말라고 지지대를 세운 토마토가 있었지."

"그런데 지금은 왜 저기 당근이 있는 거야?"

"글쎄, 어떻게 된 걸까?"

모두가 잠든 시간, 불침번을 서고 있던 헌터 둘은 뭔가 이상이 있다고 느꼈다.

길이 교차하는 십자로 중앙에 모닥불을 피우고 헌터들은 침낭 속에 들어가 잠을 자고 있다.

그리고 그 모닥불을 지키며 두 명씩 교대로 불침번을 서는 중인데, 조금 전까지 있던 토마토가 사라지고 당근이 생겼다.

"어? 저기, 저거 보여?"

그때, 토마토가 있지 않았냐고 물은 헌터가 또 다른 곳을 가리켰다.

"뭐야, 저건?"

함께 불침번을 서던 다른 헌터가 그곳을 바라보자 밭의 일부분이 땅속으로 가라앉고 있다.

마치 둥근 모양으로 땅을 도려내서 내리누른 것처럼 양배추가 자라는 땅이 밑으로 꺼지는 중이었다.

그런데 그 속도가 무척 빨랐다.

더구나 땅이 꺼진 직후 그 자리에 블루베리 나무가 솟아올랐다.

마치 원래부터 그 자리에 자라고 있었다는 듯 나타난 블루베리는 헌터들을 혼란스럽게 만들었다.

"깨워!"

결국 그들은 팀 미래로의 구성원을 깨우기로 결정했고, 세현 일행은 눈을 비비며 일어나야 했다.

"기가 막히는군."

세현은 여기저기에서 땅속으로 사라지는 작물과 그것을 대신해서 솟아나는 작물을 보며 어이가 없다는 표정을 지었다.

처음에는 밭의 작물이 간간이 하나씩 사라지고 나타나던 현상이 어느 순간부터는 여기저기에서 빈번하게 일어나고 있었다.

"이런데도 땅속에 뭐가 있는지 알 수 없다는 거야?"

호올이 세현을 보며 물었다.

누가 뭐라고 해도 몬스터나 기타 생명체를 감지하는 능력은 세현이 가장 뛰어났다.

그런데도 세현이 지금 땅속에 있을 뭔가를 전혀 찾아내지 못하고 있다는 것을 호올은 믿기 어려웠던 것이다.

"전혀! 지금 내 능력으로는 땅 밑에 뭐가 얼마나 있는지 알 수 없어. 전혀 기척이 잡히지 않아."

세현이 대답했다.

사실 그 말대로 세현이 보고 있는 미니맵에는 여전히 어떤 변화도 없었다.

세현은 그 이유가 지표면 밑으로는 '팥쥐'의 탐지 능력이 통하지 않기 때문이라고 생각했다.

세현이 생각하기에 '팥쥐'의 탐지를 방해하는 뭔가가 있는 것이 분명했다.

"그렇군. 하긴 나도 지금 저기 뭐가 있는지 전혀 느껴지지 않으니까 말이지. 그런데 도대체 어떤 이들이지? 우리가 여기 있다는 것도 알고 있지 않을까?"

"그럴 것 같은데, 도대체 인사를 할 생각도 없는 것 같고 말이지."

"그런데 말이야, 아까부터 바뀌는 저것들, 꼭 우리에게 보라고 하는 것 같지 않아?"

호올이 세현의 생각을 물었다.

"너도 그렇게 생각한 모양이군. 마치 전시하는 것처럼 작물들을 바꾸고 있어. 잘 보면 저 멀리 있던 것들이 이쪽으로 옮겨와서 한 번씩 나타나고 또 사라지는 것 같단 말이지."

세현도 호올과 같은 생각이다.

"혹시 우리에게 마음에 드는 것을 뽑아 가라는 건 아닐까?"

호올의 말에 듣고 있던 헌터 몇이 고개를 끄덕였다.

"마스터, 저희 생각도 그렇습니다. 저거 아무리 봐도 '어떤 걸 원하는 거냐? 이거냐? 아니면 이거?' 뭐, 이런 거 같습니다."

"그렇습니다, 마스터. 이쯤 되면 성의를 무시하는 것도 좋지 않은 거 아니겠습니까?"

"저러는 거, 뭔가 이유가 있지 않겠습니까? 하나 정도는 따 먹어도 될 것 같은데 말입니다."

"하나만 따보고 반응을 보는 것이 어떻겠습니까?"

"나쁘지 않은 생각 같습니다."

대원들이 모두 세현에게 같은 건의를 했다.

세현은 잠깐 고민했지만, 지금도 자꾸만 바뀌고 있는 작물들을 보면 일견 타당하다는 생각도 들었다.

'설마 열매 하나 때문에 무슨 큰 제약을 받진 않겠지.'

혹시라도 이종족에게 피해를 줬다고 관리자가 제약을 한다고 해도 그게 그렇게 강력한 수준은 아닐 거란 생각이 드는 세현이다.

"좋습니다. 그럼 그렇게 해보죠."

세현은 대원들을 보며 그렇게 말하고는 한쪽 밭으로 걸어 들어갔다.

그러자 빠르게 오르내리던 작물들의 움직임이 멈췄다.

"오오!"

"저건 확실하지?"

"맞아. 마스터가 다가가니까 딱 멈췄잖아."

"음, 그렇군."

세현은 등 뒤에서 들리는 헌터들의 호들갑에 피식 웃고 말았다.

어쨌거나 예상대로 이곳 지하에 있는 이들이 세현 일행에게 작물들을 선물하려 한다는 것은 분명한 것 같았다.

세현이 여러 작물 중에서 청포도 한 송이를 땄다.

그러자 주변에 있던 다른 많은 작물들이 땅속으로 사라지고 그 자리에 포도나무가 나타났다.

하나같이 청포도가 달려 있다.

"음? 이것들을 따라는 건가?"

세현이 고개를 갸웃거릴 때, 호올이 다가와서 말했다.

"나는 저쪽에 있는 다른 작물을 따볼까?"

세현이 그런 호올의 말에 고개를 끄덕였다.

이곳 밭에 있는 작물들을 취하는 것을 밭의 주인들이 바라고 있다는 것이 확실했다.

호올이 옆에 있는 밭으로 가서 토마토를 땄다.

그러자 호올 주변의 작물들이 모두 토마토로 변했다.

"우와, 재미있네. 마스터, 우리도 해봐도 됩니까?"

헌터 중에 가장 나이가 어린 막내가 세현에게 물었다.

세현은 어차피 벌어진 일이란 생각에 고개를 끄덕였다.

"모두들 마음에 드는 것이 있으면 해보십시오."

＊　　　　＊　　　　＊

"그러니까 당신들, 몰트 종족은 당신들이 키운 작물을 먹은 사람들 하고만 교류를 한다는 건가요?"

"그래야 좋아. 우린 언제나 그렇게 해왔고, 그렇게 해서 좋았어."

몰트 종족이란 이종족이 세현의 말에 대답했다.

몰트 종족은 두더지를 닮은 종족이었다.

다만 두더지치고는 눈이 굉장히 크고 꼬리가 없다는 것이 좀 달랐다.

거기다가 덩치가 무척 커서 지구 인간들의 두 배는 되는 덩치를 가지고 있었다.

온몸에 털이 나 있고 따로 옷을 입지 않은 모습이라서 처음 봤을 때에는 이면공간의 에테르의 영향을 받은 새로운 동물인가 했다.

하지만 그들은 짐승의 모습을 하고 있음에도 이성을 지니고 있는 이종족이 분명했다.

다만 인간형이라고 하긴 어려운 이들이었다.

"어째서 그런 겁니까?"

"우린 모두 이상하게 생각해서 좋지 않아. 맛있는 것을 주면 좋아."

"하긴 몰트 당신들이 키운 것들은 굉장히 맛있어요. 그런 것을 키운 당신들을 좋게 생각하는 것은 당연하겠군요."

"우린 돌연변이가 된 거야. 우리 조상들이 에테르 기반 생명체들의 공격을 받기 전에는 우리도 사람의 모습에 가까웠다고 해. 그게 좋은 거였지. 그런데 에테르 때문에 돌연변이가 돼서 안 좋아진 거야. 사람들도 우릴 보면 놀라고 좋지 않은 선입견을 가져. 그래서 좋은 인상을 주기 위해서 우린 선물을 해. 그럼 대부분 좋아져."

세현은 이 몰트 종족의 특이한 말투에 제대로 적응이 되지 않았지만 그래도 그가 무슨 말을 하는지는 충분히 이해할 수 있었다.

"그래서 여기가 몰트 종족의 마을이란 건가요?"

"맞아. 여기가 우리 마을. 저 밭이 집이야. 저기 저곳이 내 집."

세현과 마주 앉은 몰트가 짧은 앞발로 한쪽 밭을 가리켰다.

포도나무가 가득한 밭이다.

세현이 포도를 선택한 그 밭의 주인이 눈앞에 있는 몰트인 것이다.

"정확하게 지하에 집이 있는 거 아닌가요?"

"아, 그게 맞는 말, 좋은 말이야. 우리는 땅 밑이 좋아. 농사를 짓기도 좋아."

"몰트 종족은 땅 밑에 사는데 왜 굳이 길을 만든 거지요? 설마 방문객을 위해서 준비를 해둔 건가요?"

"길, 그건 아니야. 좋지 않아. 틀렸어. 우리가 지나는 통로는 아래에 있어. 그리고 그 땅은 바위처럼 단단하지. 그래야 좋아. 안 그러면 자꾸만 무너지고 안 좋아지지. 그래서 단단하게 만드는데, 그럼 나무나 풀이 못 자라. 그래서 길처럼 보이는 거야."

"그러니까 거기로 몰트 종족이나 다른 이들이 다녀서 길이 생긴 것이 아니라 그 땅이 돌처럼 단단해서 다른 것들이 자라지 못한 거란 말이군요?"

"좋아. 그거야. 우리는 땅속으로 다니지."

세현은 그 말에 어째서 길만 넓고 실제로 통행에는 불편한 꼴이었는지 이해가 되었다.

"그런데 아까부터 이름을 알려주지 않는데 특별한 이유가 있어요?"

세현이 자신과 대화를 나누는 몰트에게 물었다.

"우리 이름, 발음이 어려워. 좋지 않지. 말하기 나빠. 아, 그래. 난 청포도 몰트라고 불러줘. 다른 동족들도 그런 식으로 부르면 되겠지. 저기 저 친구는 토마토 몰트, 저기 저 친구는 양배추 몰트, 당근 몰트 등등으로 말이야. 좋아, 아주 좋아."

자신을 청포도 몰트라는 이상한 이름으로 부르라더니 자신의 동족들에게 멋대로 이름을 붙이는 청포도 몰트였다.

"그래요, 그럼. 발음하기 어려운 이름이라면 억지로 그걸 고집할 이유가 없지요. 저에게는 청포도 몰트가 당신을 가리킨다는 것이 중요할 뿐이니까요."

"좋아, 그런 거지. 나를 뭐라고 부르든 나는 나야. 그리고 세현은 그런 나를 보는 거지. 그리고 좋아하는 거야. 그거면 좋아."

"그래요. 나도 청포도 몰트 당신을 만나서 무척 좋아요."

"그렇게 생각한다면 좋아. 아주 좋아."

세현과 팀 미래로는 몰트 종족의 환대를 받았다.

그들은 자신들이 인간들과 전혀 다른 외모를 지니고 있다는 사실에 무척 신경 쓰고 있었다.

그래서 자신들을 보는 이들이 혐오감을 느낄 거라는 묘한 두려움을 가지고 있어서 어떻게든 호감을 산 후에 사람들을 만나려 했고, 그런 이유로 자신들이 키운 작물을 먹은 이들에게만 모습을 보여주는 전통이 생겼다고 한다.

몰트 종족은 땅속에 살고 있고, 땅을 다루는 선천적인 능력이 있었다.

그것은 에테르를 이용하는 특별한 방법이었는데, 마치 소설에 등장하는 대지의 정령과 비슷한 능력이라고 헌터 중 막내가 흥분해서 떠들었다.

땅을 딱딱하게, 혹은 부드럽게 만들 수 있고, 필요에 따라서는 물과 섞어서 늪으로 만드는 능력도 있었다.

그리고 몰트 종족은 그 능력으로 몬스터를 상대하고, 몬스터를 땅에 묻어서 처리하는 방식으로 사냥을 했다.

땅에 묻은 몬스터를 흙으로 만든 창으로 찔러 죽이는 식이라고 했다.

경우에 따라선 늪을 만들어 빠뜨린 후 그 늪을 다시 딱딱한 땅으로 만들어 몬스터를 잡기도 한단다.

어쨌건 그 덕분에 몰트 종족의 이면공간은 몬스터들이 별로 없는 상태로 유지되고 있었다.

하지만 몰트 종족은 주변의 다른 이면공간에 대해서는 아는 것이 없었다.

그들은 스스로의 모습에 자격지심을 가지고 있는 탓에 여행을 하는 경우는 거의 없고 그저 오고 가는 여행자들을 만나면 그들로부터 정보를 얻는 것이 전부라고 했다.

그 때문에 세현은 몰트 필드에서 연결되는 다른 이면공간에 대한 정보를 그다지 얻을 수가 없었다.

몰트 종족은 심지어 이면공간 지도조차도 가지고 있지 않았다.

그들은 자신들의 이면공간에서 다른 곳으로 통하는 통로가 두 개 있다는 사실만 알고 있었다.

그것도 언젠가 몰트 종족의 이면공간을 지나간 여행자들이 전해준 정보였다.

　　"그렇군요. 그래서 두 곳의 이면공간은 모두 주황색 등급이란 말이죠?"

　　"그렇게 들었지. 하지만 우리는 그런 것에는 별로 관심이 없어서 자세히 알아보진 않았어. 우린 별로 안 좋아하는 거니까."

　　"그렇군요."

　　"그런데 처음부터 느끼는 건데, 세현, 지금 네가 키우고 있는 그건 뭐지?"

　　청포도 몰트가 세현에게 뜬금없이 물었다.

　　"키우다니, 뭘 말입니까?"

　　"우리 몰트는 농사를 아주 잘 지어. 씨앗으로부터 크는 모든 것을 우리는 키우지. 좋게 키워. 그래서 씨앗에서 자라는 것은 우리 모두 알 수 있어. 거기에도 있어. 씨앗에서 크는 어린 나무가 있어."

　　청포도 몰트가 세현의 팔목을 가리켰다.

　　거기엔 세현의 천공기가 있고, 천공기 안에는 '팥쥐'가 있다.

　　세현은 씨앗이란 말에 '팥쥐'를 떠올릴 수밖에 없었다.

　　"그런데 알 수가 없어. 난 한 번도 본 적이 없는 종류야. 그래서 좋지 않아. 마음이 불편해. 우리 몰트가 모르는 씨앗이라니 아주 나빠."

　　청포도 몰트는 그렇게 말했지만 그렇다고 세현에게 '팥쥐'에 대해서 따져 묻지는 않았다.

세현이 다른 사람들이 청포도 몰트의 말을 듣는 것을 꺼린다는 것을 알아차렸기 때문이다.

세현보다 두 배는 큰 덩치의 두더지는 의외로 눈치가 빨랐다.

"우린 이렇게 생겨서 다른 이들이 우릴 싫어하는 것에 민감해. 그래서 우린 다른 이들을 불편하게 하지 않는 것에 대해선 좋아. 아주 잘해. 그런 쪽으론 좋아."

청포도 몰트가 중얼거렸다.

그때, 세현은 오랜만에 '팥쥐'의 의지가 연결되는 것을 느꼈다.

[음! 음? 음??]

Chapter 2

일단 돌아갈 방법은 있으니까!

'끝났어? 콩쥐가 코어는 잘 흡수했고?'

[음! 콩쥐, 코어에 다시 들어갔어. 음음.]

'노란색 코어에 콩쥐가 들어갔다고? 그럼 위험하지 않아? 혹시라도 예전처럼 에테르 기반 생명체들의 세상을 만든다거나 하는 쪽으로 움직이면 곤란한데.'

[음! 걱정 없어. 콩쥐, 내 말 들어. 안 그러면 혼나. 말 안 들으면 크게 혼나. 음음.]

'그럼 콩쥐는 네가 관리할 수 있는 거지? 다른 짓 못 하도록.'

[음. 믿어. 걱정 없어. 음음!]

'그렇구나. 그런데 콩쥐가 몇 명이나 한꺼번에 이동시킬 수 있

는지는 알아?'

[음음. 열여덟 정도. 짐이 많으면 줄어. 짐 없으면 늘어. 지금 헌터들 정도 짐 들고 열여덟. 그래. 음!]

'휴우, 다행이네. 그래도 한꺼번에 이동할 수 있으니까. 그나저나 미래 필드 좌표를 알려면 내가 거길 한번 갔다 와야 하는데 말이지.'

세현은 아파트로 갔다가 다시 연구소를 통해서 미래 필드로 들어가야 한다는 것에 부담을 느꼈다.

미래 필드에서 나온 것도 아닌데 어디선가 나타나서 다시 미래 필드로 들어가는 모습을 보이게 되면 이상하게 여기는 이들이 있을 터였다.

'뭐, 하는 수 없지. 이번만 그렇게 하자. 그리고 앞으로 훌륭한 '꿀쥐'는 이면공간을 이동할 때마다 적당한 곳의 좌표 하나씩은 기억해 두자. 훌륭하니까 충분히 할 수 있지?'

[음음. 알았어. 내가 기억해. 훌륭하게 할 수 있어. 음.]

'그리고 탐색 말이야. 여기 몰트 종족이라는 이들이 사는 땅 밑은 전혀 안 되는 것 같던데?'

[음음. 몰트 종족, 그냥 땅이야. 음. 탐색하면 땅과 구별 안 되는 거야. 지금도 저 몰트 종족, 그냥 바위나 흙처럼 탐색되는 거야. 음. 그래서 그런 거야.]

세현은 저 몰드 종족이란 것이 세현 앞에 엎드려 있는 청포도 몰트를 말하는 것임을 알았다.

'팥쥐'의 탐지에는 그 몰트 종족이 바위나 흙으로 파악이 된다는 말이다.

'그래? 신기하네.'

[음. 그래도 특별히 힘을 쓰면 알 수 있어. 음. 에테르가 움직이면 못 숨겨. 음음. 그래도 탐색 방법, 조금 바꿔야 할 것 같기는 해. 음음.]

'그건 알아서 해. 잘할 수 있을 거야.'

[음. 잘할 수 있어. 음!]

"지금 대화를 하는 중이군. 우리도 우리가 키우는 채소나 야채, 나무들과 대화하는 것을 좋아하지. 그러는 것이 농사를 짓는 데 좋아. 아주 좋아. 그러고 보면 세현도 농사꾼이 될 수 있을 거야. 좋은 농사꾼."

세현이 '팥쥐'와 이야기를 나누고 있음을 청포도 몰트가 알아차렸는지 세현을 보며 말했다.

"하하, 여기 있는 친구는 청포도 몰트가 생각하는 것과는 많이 다른 친굽니다. 이성을 지니고 있는 이종족이라 할 수 있는 존재죠."

"그런가? 모르겠군. 내가 느끼기엔 나무 같은데? 아직 어린 묘목이지만 말이야. 좋은, 아주 좋은 나무가 될 묘목."

청포도 몰트는 '팥쥐'를 나무라고 생각하는 모양이다.

"어떤 씨앗인지는 저도 모르지만 나무 같지는 않던데요?"

"그런가? 하지만 역시 나무야. 좋은 나무."

청포도 몰트가 커다란 눈을 지그시 감고 뭔가를 찾듯이 그의 기운을 사방으로 풀어 흘렸다.

그리고 그 기운은 세현의 왼쪽 손목, 천공기로도 스며들었다.

[음음. 음!]

세현에게 '팥쥐'의 놀란 느낌이 전해지고, 뭔가 청포도 몰트와 이야기를 하는 것을 알 수 있었다.

하지만 아쉽게도 둘이 무슨 이야기를 하는지는 파악되지 않았다.

"신기하군. 자신이 어떤 존재인지 모르다니. 좋은지 좋지 않은지 알 수가 없어. 하지만 신기하긴 하군."

청포도 몰트는 잠시 후에 눈을 뜨고 세현을 보며 말했다.

그 역시 '팥쥐'의 정체를 밝혀내지는 못한 모양이다.

"그런데 크면 아주 크게 자랄 나무야. 아주아주 크겠어. 그건 좋아. 아주 좋은 재목이 될 거야."

청포도 몰트가 조금 흥분한 목소리로 말했다.

그가 생각하기에 '팥쥐'는 굉장히 큰 나무가 될 것 같은 모양이다.

*　　　　*　　　　*

팀 미래로는 몰트 종족과 하룻밤을 함께 보냈다.

몰트 종족은 이면공간의 날이 밝아오자 모두 그들의 집으로 돌아갔다.

그들은 밝은 빛에 민감해서 될 수 있으면 땅 위로 올라오지 않는데, 그나마 밤이 되면 땅 밖으로 나와서 활동할 수 있다고 했다.

빛을 받는다고 타격을 입는 것은 아니지만 시각에 심각한 제약을 받아서 눈 뜬 장님이 되기 때문에 그렇다고 했다.

몰트 종족이 모두 집으로 들어가자 다시 땅 위에는 팀 미래로만 남게 되었다.

"이제 어쩔 건가? 이곳에서 얻을 수 있는 것은 별로 없을 듯한데? 몰트 종족은 세상과 별로 소통하지 않는 종족인 것 같아."

호올이 아쉽다는 듯이 세현을 보며 말했다.

"그래도 몰트 종족은 순수한 이들입니다. 좋은 이들인 건 분명합니다."

헌터 중 한 명이 조심스럽게 말했다.

"그건 나도 알아. 하지만 우리가 이곳에서 얻을 것은 거의 없지. 이들은 이면공간 통행증도 없고 에테르를 이용한 마법진이나 도구를 만들지도 않아. 그저 흙을 다루고 그것으로 농사를 지을 뿐이지."

호올이 몰트 종족에게 팀 미래로가 얻을 것이 없다는 것을 다시 한 번 주장했다.

"어차피 돌아가기 위해선 약간의 시간이 필요하니까 몰트 종족을 도울 일이 있으면 돕고 또 그들의 땅을 다루는 능력을 배울 수 있으면 배워보면 좋지 않나? 그게 아니라도 농사를 아주 잘 지으니까 그걸 조금 배워도 좋고."

세현은 당장 미래 필드로 돌아갈 방법이 없으니 일단 대원들을 이곳에 머물게 하고 기회를 봐서 미래 필드에 다녀올 생각을 하고 있었다.

"그걸 배울 수는 있을까? 몰트 종족만의 특기 같은 거 아닐까?"

호올이 세현의 말에 의구심을 드러내며 물었다.

"해보는 거지. 내가 배운 앙켑스도 포레스타 종족인 드리스만의 기술이었어. 우리 중에 누군가는 몰트의 재주를 배울 수 있는 사람이 있을 수도 있지."

"그런가?"

호올은 세현의 말에 더는 토를 달지 않았다.

어차피 이곳에서 며칠 머물러야 한다면 그 기간 동안 몰트 종족과 친하게 지내는 것도 나쁘지 않았다.

"나는 우리가 돌아갈 방법을 좀 더 고민해 봐야겠어. 그리고 돌아갈 방법을 찾기 위해서 나 혼자 먼저 가서 해야 할 일이 있으니까 일단 그 방법부터 찾아볼 거야."

"음, 한꺼번에 이동할 수 없다는 거야? 세현, 네가 오가면서 뭔가를 해야 하는 건가?"

호올이 물었다.

처음 미래 필드에 헌터들이 올 때에도 하루에 단 두 명씩만 이동이 가능했다.

호올은 그때를 떠올리고 있었고, 팀 미래로의 대원들도 세현이 하는 이야기가 당시의 상황과 비슷하다고 여겼는지 고개를 끄덕이고 있다.

"그리고 나중에라도 여긴 얼마든지 찾아올 수 있을 테니까 몰트 종족과 완전히 단절되는 것도 아니야. 이곳 몰트 종족과 친분을 쌓아두면 나중에 서로 도움을 주고받을 수 있을 거야."

"이야, 그건 다행이네요. 난 당근 몰트와 헤어지면 다시 만나지 못할 것 같아서 일부러 거리를 두려고 했는데 그럴 필요가 없겠어요."

"야, 막내, 당근 몰트, 아가씨냐?"

"에엑? 아, 아가씨요?"

"아냐?"

"아니, 그전에 몰트 종족이라고요. 아가씨고 아니고 그게 무슨 상관이에요?"

"쯧, 웃기는 소리. 그냥 말하는 인형도 남자 목소리보다 여자 목소리가 좋은데 하물며 이종족이라면 당연히 남자보다는 여자 쪽이 좋지."

"그건 그렇지. 그래도 난 줌마 몰트라고."

"응? 줌마?"

"호박 몰트보다는 줌마 몰트가 나을 것 같아서 그렇게 부르자고 했지."

"그거 아줌마란 말이지?"

"음, 딱 봐도 아줌마더라니까? 포스가 막 느껴지고 그러잖아. 하하하핫!"

"쯧쯧, 너 그러다가 나중에 지구에 가서 어떻게 내 입을 막을 래? 제수씨에게 네가 아줌마랑 그렇고 그랬다고 다 이야기해 주 마."

"미, 미친. 몰트 종족이잖아, 새꺄!"

"인형도 남자보다는 여자가 좋다며? 그 말도 해줄게. 두더지 닮은 이종족도 남자보다는 여자가 좋다고 했다고. 거기다가 줌 마 몰트랑 알콩달콩했다는 소리도!"

"그래, 죽자! 이 새끼, 죽어보자!"

또다시 헌터들의 장난이 시작된 것을 보며 세현은 아직까지 는 헌터들의 스트레스가 그렇게 심각한 것이 아님에 안도했다.

"현필 씨, 내가 없는 동안 헌터들의 통솔권을 드리겠습니다. 이곳은 몰트 종족의 마을이라 몬스터들이 오지 않으니 별다른 위험은 없을 겁니다. 그저 지금처럼 대원들과 함께 몰트 종족과 교류하며 기다리고 계십시오."

세현은 어차피 해야 할 일을 미뤄두고 싶지 않았기에 곧바로 미래 필드의 좌표를 구하기 위해 움직이기로 했다.

그래서 헌터들의 선임인 현필에게 뒤를 부탁했다.

"얼마나 걸릴지라도 대충 말씀해 주시면 대원들이 덜 불안해할 텐데요."

현필이 세현에게 대원들을 핑계로 복귀 시일을 물었다.

"적어도 사흘 이내엔 돌아옵니다. 만약 그 이상 걸리면 그건 무슨 일이 있다는 소리죠. 그렇다고 해도 최소 한 달은 이곳에서 기다리십시오. 그럴 일은 없겠지만 혹시 무슨 일이 있더라도 저는 여러분을 찾아서 다시 이곳으로 올 겁니다."

"당연하지요. 기다리겠습니다. 사실 마스터 말고 우릴 고향으로 데리고 갈 수 있는 사람이 누가 있겠습니까. 우린 마스터밖에 믿을 사람이 없습니다."

현필이 살짝 떨리는 음성으로 말했다.

사실상 고향으로 복귀할 수 있는 가능성을 지닌 사람은 그의 말대로 세현밖에 없는 상황이다.

그런 사람이 혼자서 어디론가 간다니 걱정이 되지 않을 수 없었다.

혹시라도 세현이 돌아오지 않으면 남은 이들은 그야말로 이면공간의 미아가 될 판이다.

물론 세현이 일부러 그러지는 않을 거라는 것을 알면서도 불안해지는 마음은 어쩔 수가 없었다.

세현은 불안한 마음을 겉으로 드러내지 않으려 애쓰는 현필을 앞세워서 대원들에게 상황을 설명하고 몰트 필드를 떠나서 서울의 아파트로 이동했다.

"감시하는 사람들이 있을까?"

[음. 사람들, 이렇게 있어. 음음.]

세현의 물음에 곧바로 '팥쥐'가 미니맵을 띄웠다.

하지만 그것으로는 아파트에 겹쳐 있는 사람들을 제대로 구별하기가 어려웠다.

"헌터나 천공기사는 없어?"

[음. 여기 한 명. 음음.]

미니맵에 초록색으로 보이던 사람 중에 하나가 붉은색으로 바뀌었다.

하지만 그 사람은 세현의 아파트와는 조금 떨어진 곳에 살고 있는 주민으로 보였다.

게다가 그 위치는 세현을 감시하기엔 적당하지 않은 위치였다.

"일단 감시는 없는 것 같고, 어디 볼까?"

세현은 전원 차단기를 내린 후 슬쩍 에테르를 자신의 아파트 전체에 풀어놓았다.

아파트 내부에 전기를 사용하는 것들이 있다면 그 에테르와 반응할 것이다.

파지지직!

"웃, 저런!"

세현은 자신의 에테르에 반응해서 작은 스파크와 함께 박살이 나는 시계를 보고 이맛살을 찌푸렸다.

그 외에는 에테르에 반응하는 것이 없었다.

도청 장치나 카메라 같은 것은 없다고, 어느 정도 안심할 수 있는 상황이라고 확인한 것이다.

"에테르 반응도 없지?"

[음음. 에테르 없어. 없어. 음!]

'팥쥐'의 확인까지 받고 세현은 소파에 앉았다.

'일단은 나에 대한 감시가 여기까진 없다는 소리. 태극에서 완전히 나를 신경 쓰지 않고 있는 건 아닐 테고, 지금은 미래 필드에 있는 걸로 알고 있으니까 신경을 덜 쓰는 거겠지. 하지만 이번에 미래 필드로 들어가는 모습을 들키게 되면 뭐 내가 다른 방법으로 이면공간과 현실 사이를 오갈 수 있다는 걸 알게 되겠군.'

세현은 다음 복귀 장소를 이곳 아파트가 아닌 다른 곳으로 잡아둬야겠다는 생각을 했다.

굳이 이렇게 고정된 위치를 설정해서 감시의 빌미를 줄 이유가 없다는 생각이 들었다.

"휴우, 이럴 때가 아니지. 움직여야지. 대원들이 목 빠져라 기다리고 있을 텐데."

세현은 간단하게 몸을 씻고는 곧바로 미래 필드로 들어갈 수 있는 옛 에테르 연구소로 향했다.

지금은 미래 길드의 연구소로 바뀐 곳이다.

*　　　*　　　*

[콩쥐, 콩쥐. 난 콩쥐.]

[음! 혼나. 내가 소개할 때까지 기다려.]

[……]

세현이 무인 자동차를 타고 이동하는 동안 그가 모르는 천공기의 내부에선 '팥쥐'와 콩쥐의 일방적인 대화가 있었다.

크라딧이 이면공간을?

세현은 '팥쥐'에게 아파트에서 연구소로 이동하는 중에 몇 곳의 좌표를 기억하게 했다.

그 때문에 무인 자동차는 잠깐씩 정차를 해야 했지만, 정차와 대기에 따른 추가 운임만 지불하면 문제될 것은 없었다.

골목의 구석진 자리나 건물 화장실, 다용도실이나 계단 아래 등의 안전한 장소 몇 곳의 좌표를 확보한 세현은 곧바로 연구소로 들어갔다.

세현은 그곳에서 곧바로 미래 필드로 들어갈 생각이었다.

하지만 세현이 미래 필드로 들어가기 전에 그곳을 지키던 직원들이 세현에게 재한이 찾고 있다는 소식을 전했다.

세현은 곧바로 재한에게 자신이 미래 필드 출입 구역에 있음을 알렸고, 재한은 세현에게 당장 만날 일이 있다며 기다리라고 했다.

"무슨 일인데?"

"어떻게 된 거야? 네가 들어간 필드가 사라져서 얼마나 걱정했는지 알아?"

"어떻게 알았냐, 필드가 사라진 건?"

"그걸 왜 몰라? 미래 필드에 눈이 어디 한둘이야? 네가 대원들 이끌고 들어갔는데 당연히 주시하고 있었지. 그런데 이면공간 통로가 사라졌어. 그럼 답 나오는 거 아냐?"

재한은 세현에게 당연한 걸 묻는다는 표정으로 맞받아쳤다.

"하긴, 이면공간이 사라졌으니 통로로 사라졌겠네."

세현은 이해가 된다는 듯 고개를 끄덕였다.

"그런데 어떻게 나온 거야? 다른 대원들은?"

재한은 세현이 혼자 모습을 드러낸 것 때문에 심장이 덜컥 떨어질 만큼 놀랐지만 일단은 태연을 가장하며 물었다.

"다른 이면공간에 있어."

"어딘데? 함께 움직이지 못한 거야? 너 혼자 나왔어? 왜? 그 대원들은 이제 복귀할 수 없는 거야?"

재한의 목소리가 조금씩 높아졌다.

"지금 있는 곳이 어디에 있는 이면공간인지는 설명을 못하지. 솔직히 이면공간의 위치를 특정해서 이야기하는 것은 불가능하잖아."

"그건 그렇지만 다른 이면공간과 연결된 지도가 만들어지고 있잖아. 설마 전혀 짐작이 안 되는 곳이냐?"

"그렇지. 곤충 필드가 날아가면서 제멋대로 이동한 곳이니까 곤충 필드와 가까운 곳일 수도 있겠지만 곤충 필드와 직접 연결된 곳은 아니야. 그곳의 이면공간 통로가 사라진 것은 없는 것 같으니까. 그곳이 곤충 필드와 연결되어 있는 곳이었으면 이면공간 통로 하나가 사라졌을 텐데 사라진 통로가 없다고 했거든."

"어딘지도 모르는 곳에 떨어진 모양인데, 넌 어떻게 돌아온 거야?"

재한이 세현에게 물었다.

"비장의 방법."

"뭐?"

"말하기 어려운 방법이야. 간단히 말하자면 내 천공기는 특별한 면이 좀 있어. 그리고 내가 돌아온 방법은 그 특별한 면을 사용했다고 생각하면 될 거야. 그리고 그 기능을 사용해서 대원들을 다시 미래 필드로 데리고 오는 것도 가능할 것 같아."

"너?"

재한은 세현의 말에 깜짝 놀란 표정을 감추지 못했다.

"그런 게 있다는 정도만 알고 있어. 천공기는 귀속형이야. 알잖아?"

세현은 그런 재한에게 담담한 어투로 말했다.

천공기는 주인이 죽으면 기능이 사라진다.

그러니 세현이 특별한 천공기를 가지고 있다고 해도 그것을 두고 다른 이들이 어떻게 할 방법은 없다.

"그럼 비장의 방법으로 돌아온 건 그렇다고 치고, 이젠 어쩔 건데?"

"미래 필드로 들어가서 그곳에서 다시 팀 미래로가 있는 필드로 이동한 다음 팀 미래로를 데리고 미래 필드로 복귀하는 거지."

"그 팀 미래로라는 것이 그 대원들을 말하는 거냐?"

"하나로 묶였으니 이름을 정하자고 해서 정한 거다. 왜, 이상하냐?"

"팀 미래로, 뭐 나쁜 것 같지는 않네. 어차피 미래 길드에 속한 팀의 이름이니까. 아무튼 그래서 대원들은 모두 안전하게 데리고 올 수 있다는 거냐?"

"그래, 걱정할 필요 없다. 그리고 앞으로 우리 팀 미래로는 훨씬 과감한 탐험을 할 수 있게 될 거다."

"과감한 탐험?"

"그런 거지. 어떤 필드에 떨어진다고 해도 미래 필드로 복귀할 수 있는 방법이 생겼으니까 말이야. 거기다가 한 번 간 필드라면 언제든 갈 수 있는 방법도 생겼고."

"그러니까 어떤 필드든 한 번 간 곳이라면 언제든 오갈 수 있다는 거냐 지금?"

"물론 제약이야 좀 있지만 네 말대로지."

"별것 아닌 것처럼 말하지 마라. 그게 얼마나 엄청난 건지 몰라서 하는 소리냐? 도대체 너, 무슨 일이 있던 거냐?"

재한이 버럭 소리를 질렀다.

하지만 세현은 그런 재한에게 콩쥐와 팥쥐의 이야기는 해줄 수가 없었다.

그것만은 누구에게도 알릴 수 없는 비밀이었다.

"운 좋게 스킬 같은 것이 생겼다고 생각해라. 우리가 사용하는 미래 필드의 그 전송 장치 있지?"

"헌터들을 미래 필드와 이곳으로 오가게 하는 그 장치?"

재한이 세현이 뭔가 알려주려 한다고 생각했는지 눈빛을 빛내며 물었다.

"그래, 그거 만들 때 알게 된 건데, 내가 천공기에 사용되는 좌표를 읽어낼 수 있는 능력이 있더라고."

물론 그 능력은 세현이 아니라 '팥쥐'가 가지고 있지만 일단 세현은 그렇게 이야기했다.

"그래서?"

"그래서 연구를 하다 보니까 그 좌표를 내 천공기 주얼에 입력할 수 있는 능력을 얻었지. 그래서 나는 필요하다면 언제든 내가 알고 있는 좌표를 천공기 주얼에 적용할 수 있고, 그것을 이용해서 이동할 수 있는 거지. 이번에 나 혼자 지구로 나온 이유는 내가 외우고 있는 좌표가 지구에 있는 하나의 좌표밖에 없었기 때문이야."

"어째서 하나뿐이야?"

"그전에는 내가 천공기 주얼에 그걸 할 수 있다는 생각을 못했으니까 좌표를 기억할 필요가 없었거든. 하나라도 기억하고 있는 것이 다행이랄까?"

"흐음. 그래서 지금 미래 필드로 들어가서 그곳 좌표를 기억한 후에 그 팀 미래로가 있는 곳으로 가서 그들을 데리고 온다는 거냐?"

"그런 거지."

"하긴 넌 천공기가 없는 헌터와 함께 이면공간으로 움직일 수 있었지. 거기다가 지금 말한 그 능력까지 더해지면 충분히 네가 말한 과감한 탐험이 가능하겠군."

"아니, 그보다 더 나아. 이번에 능력을 좀 더 키웠거든. 이젠 한 번에 열다섯 이상을 옮길 수 있게 됐어."

"그, 그건 또 무슨 사기 능력이냐?"

재한이 세현의 얼굴을 보며 경악을 감추지 못하는 표정으로 물었다.

"뭐, 어쩌다 보니 생긴 능력이다."

콩쥐가 코어를 흡수해서 능력이 커졌다고 할 수는 없으니 그렇게 얼버무릴 수밖에 없는 세현이다.

재한은 그런 세현을 허탈한 표정으로 바라보았다.

"그래서 우리가 실종된 것 때문에 비상을 걸었던 거냐? 나 찾았다며?"

세현이 분위기를 바꾸며 재한에게 물었다.

"아, 그거? 일이 있어서 미래 필드에 들어갔다가 너하고 함께 탐험 팀 모두가 실종된 것을 알고 깜짝 놀랐지."

"일?"

"크라딧과 필드 전투가 벌어졌다."

재한이 굳은 표정으로 세현에게 말했다.

"필드 전투? 그거 이면공간 안에서 크라딧하고 이쪽 지구 천공기사들하고 싸움이 붙었다는 소리야?"

"그래."

"어쩌다가? 아니, 어디서?"

세현도 깜짝 놀라서 되물었다.

"한두 곳이 아니야. 크라딧이 전면전을 선언했어."

"크라딧이 전면전을? 그건 또 무슨 개소리야?"

"크라딧이 지구인들의 이면공간 출입을 허용하지 않겠다는 뜻을 밝혔어."

"그게 무슨 소리야?"

"말 그대로야. 이면공간은 크라딧의 영역이니 지구인은 지구에서나 잘살아보라는 거지."

"그게 무슨?"

"어차피 지구에도 몬스터들이 등장하고 있으니 딱히 이면공간에서 몬스터 사냥을 할 이유가 없지 않느냐는 거야. 그러니 자신들이 지구와 연결된 이면공간을 모두 관리하겠다는 거지."

"그런 개소리를 이쪽에서 받아들일 거라고 생각하는 것은 아닐 텐데?"

세현은 크라딧이 무슨 생각으로 그런 도발을 했는지 이해가 되지 않았다.

"그런데 그게 막상 싸워보면 크라딧이 훨씬 유리해."

그런데 돌아온 재한의 대답은 세현의 생각과 달랐다.

"크라딧이 유리하다고?"

"그들과 함께 사라진 민간인 중 대부분이 헌터가 되었어."

"헌터?"

"아니, 헌터라기보다는 에테르 각성자라고 할까?"

"그러니까 그 많은 사람들이 에테르를 사용할 수 있게 되었다는 거야?"

"거기다가 어떻게 된 건지 크라딧이 엄청난 숫자의 이면공간 통행증을 가지고 있었어."

"결국 숫자에서 밀린다는 거네?"

"우리나라에서 천공 길드 놈들이 사고를 칠 때 함께 사라진 인원만 해도 어림잡아서 35만이 넘어."

"천공 길드의 천공기사는 물론이고 그들과 연관된 인척들까지 모두 섬에 있다가 함께 사라졌으니 그 정도 되겠지."

"그 인원 모두가 에테르 각성을 했다고 생각해 봐."

"대한민국에 있는 모든 천공기사와 헌터를 끌어 모아도 상대가 안 된다는 거네?"

"거기다가 그때 사라진 천공기사들은 각 국가 최고의 실력자들이었지."

"흐음."

세현은 재한의 말에 뭔가 답답해지는 것을 느꼈다.

"그래서 어떻게 되고 있다는 건데?"

"크라딧 놈들이 이면공간 통로를 통해서 세를 확장하고 있다는 거지. 태극도 광산 필드를 간신히 지키고 있다고 하더군. 그리고 장인 마을 필드는 이미 넘어갔어. 뭐 장인들과는 이미 얼마 전부터 교류가 금지되어 있기는 하지만."

"이쪽에선 천공기사가 아니면 이면공간으로 들어갈 수도 없으니까 제대로 싸우기도 어렵겠군."

세현은 상황이 눈에 보이는 듯했다.

"맞아. 거기다가 그놈들이 어떻게 수를 썼는지 이쪽 지구에서도 굳이 이면공간으로 들어갈 이유가 없다는 여론이 생기고 있어."

"지구에 나타나는 몬스터만으로도 충분하다는 거겠지?"

"물론 이종족과의 교류가 끊기게 되면 이후 미래가 어둡다는 의견이 대세를 이루고 있어서 쉽게 이면공간을 포기할 수 없다는 것이 대세긴 하지만, 한편으로는 크라딧과 거래를 하면 된다는 이야기도 나오고……."

"아주 지랄들을 하는군. 크라딧 놈들이 지구에 몬스터를 창궐하게 만들었다는 건 벌써 잊은 건가? 뭐야? 다들 까마귀야?"

"사람들은 조금이라도 안전한 쪽을 택하고 싶어 하잖아. 굳이 싸울 필요가 없다는 거지. 지금 현실에 나타난 몬스터들을 해결하는 것만으로도 벅찬데 이면공간 따위는 뒤로 밀어두자는 심리인 거지."

"그래서 결론은 뭔데?"

세현이 재한을 보며 물었다.

"모든 이면공간을 방어할 수는 없으니까 특정 이면공간만을 적극적으로 방어하면서 전선을 만들겠다는 것이 기본적인 뼈대인 모양이야."

세현은 재한의 말을 듣게 되자 곧바로 미래 필드와 연결된 이동 장치에 생각이 미쳤다.

"설마 그걸 만들어 달라는 이야긴 아니겠지?"

세현이 재한을 보며 물었다.

"아니겠냐?"

"……"

세현은 일단 급한 일부터 마무리를 지었다.

미래 필드로 들어간 후 좌표를 확보하고 곧바로 몰트들의 필드로 이동해서 팀 미래로를 데리고 미래 필드로 돌아왔다.

몰트들은 팀 미래로가 떠나는 것을 섭섭해했지만 세현은 언제든 가까운 시일 내에 다시 찾아오겠다고 약속하며 그들을 위로했다.

이종족과의 긍정적인 교류를 이어갈 필요는 있으니 세현은 몰트와 영영 이별할 생각은 없었다.

게다가 서로 필요한 것이 있으면 나누는 것도 나쁘지 않은 일이다.

특히 몰트들이 키우는 농작물은 그야말로 환상의 식자재였고, 에테르 함유량도 많아서 어떤 의미에선 준 영약에 비견될 정도였다.

그런 것을 지속적으로 공급 받을 수 있는 길을 포기하는 것은 어리석은 일이었다.

"그러니까 그 이동 장치를 한 쌍 더 만든다는 겁니까?"

카피로의 족장이 세현에게 물었다.

"어려운 일입니까?"

"그야 지금 이곳에 있는 재료들을 이용하면 다시 한 쌍을 만드는 것이 불가능한 것은 아닙니다만, 아시는 대로 그것들을 만드는 것이 쉬운 일은 아닙니다."

카피로의 족장은 조금 난처한 표정을 지었다.

"알고 있습니다. 그리고 저도 카피로 종족에게 무조건 손해를 보라는 것은 아닙니다. 카피로 종족에게 필요한 것들을 이쪽에서도 제공하겠습니다. 한쪽이 일방적으로 손해를 보는 것은 옳지 않지요."

"커엄. 사실 세현 님의 도움으로 겨우 멸족을 면한 저희들이니 뭐든 원하는 것을 들어 드리는 것이 옳은 일입니다만, 아시는 것처럼 인간들이란 욕심이……."

"이해합니다. 당연히 저도 카피로 종족을 노예로 부릴 생각은
없습니다."

세현은 진심으로 그렇게 생각했다.

서로에게 이익이 되지 않으면 언젠가는 탈이 나기 마련이다.

그러니 카피로 종족이 조금은 제 목소리를 내려고 하는 것이
도리어 다행스럽기도 했다.

스스로 노예를 자처하면 그것도 세현으로선 곤혹스러운 일
이었을 것이다.

"감사합니다, 세현 님."

카피로의 족장은 그런 세현의 태도에 감격스러운 표정을 감
추지 못했다.

미래 길드, 대박 상품을 내놓다.

바깥세상은 온통 크라딧으로 시끄러웠다.

크라딧의 이면공간 점거 선언 이후, 이면공간에서는 천공기사
들과 크라딧의 혈전이 빈번하게 일어났다.

기본적으로 이면공간을 관리하는 것은 그곳을 차지한 길드
의 일이었다.

천공기사들로 이루어진 길드들은 이익이 많은 이면공간을 관
리하며 수익을 창출했다.

그런데 그런 이면공간을 크라딧이 강제로 빼앗으려 했으니 당연히 싸움이 날 수밖에 없었다.

일반적인 전투 필드에서 몬스터를 사냥하는 천공기사들은 크라딧과 조우하면 그냥 자리를 피하는 일도 많았다.

하지만 길드 소속의 천공기사들은 자신들의 영역인 이면공간을 크라딧에게 빼앗길 생각이 없었기에 당연히 싸움이 벌어질 수밖에 없었다.

때론 한곳의 이면공간을 두고 크라딧과 길드의 천공기사 수백이 싸움을 벌이기도 했다.

하지만 싸움이 길어지면 불리한 쪽은 언제나 길드였다.

크라딧이 동원할 수 있는 인력이 길드보다 많은 경우가 대부분이었다.

물론 이면공간 통로를 막아서 출입을 미연에 차단하는 방법을 쓰고 있지만 그 경우에도 크라딧에선 대책을 가지고 있었다.

크라딧은 기존의 이면공간 통로를 아예 없애 버리는 방법을 썼는데, 그렇게 사라진 통로는 몇 시간 안에 불특정한 위치에서 다시 생성되었다.

그리고 그렇게 새로 생긴 통로를 크라딧 쪽에서 먼저 발견하면 그곳을 통해 다수의 크라딧 전사가 들이닥치는 것이다.

그렇게 되면 어쩔 수 없이 그 필드를 관리하는 길드의 천공기사들이 모두 달려들어 그들을 쫓아내야 했다.

하지만 그게 뜻대로 되지 않아 지지부진하다가 결국 필드를 빼앗기는 경우가 많았다.

"결국은 숫자 싸움이란 말이지."

"빌어먹을! 천공기가 그렇게 흔한 것도 아닌데 숫자 놀음을 하게 되면 당연히 밀릴 수밖에 없지."

"그러니 하는 말이지. 이러다간 우리도 헌터들과 동급으로 취급 받게 생기지 않았소?"

"사실 이면공간으로 들어가지 못한다면 우리나 헌터나 다를 것이 뭐가 있습니까?"

"어허, 헌터들은 각성 능력이 없잖소. 각성 능력 자체가 에테르를 사용하는 것이 헌터라면 그래도 우리처럼 이면공간에서 에테르를 각성하면 각성 능력이 생기는데 동급 취급이라니요!"

"쯧쯧, 그래봐야 각성 능력이란 것이 대단찮은 경우가 대부분 아니오."

"그 대단찮은 능력 때문에 헌터보다 천공기사들이 우위에 있다는 사실을 잊지 마십시오. 사실 각성 능력으로 검기를 얻거나 헤이스트, 매직 볼트 정도를 얻었다고 해도 그게 없는 헌터들에 비하면 훨씬 낫지 않소."

"뭐 그렇게 흥분하지 맙시다. 사실 이곳에 있는 여러 길드 마스터도 따지고 보면 특출한 각성 능력을 받아서 그 자리에 있는 경우도 적지 않을 겁니다. 안 그렇습니까?"

"커엄, 그런 경우도 있고 아닌 경우도 있겠지요. 각성 능력의 도움을 받은 나 같은 경우도 있고, 저기 아이언 스워드 길드의 마스터처럼 오로지 실력만으로 그 자리에 있는 분도 계시니 말입니다."

"어째 이야기가 산으로 가고 있는 것 같습니다. 지금 우리가 해야 할 이야기는 크라딧의 공세에 어떻게 대처해야 하는가 입니다."

"록마운틴 길드 마스터의 말이 맞습니다. 우리가 지금 헌터보다 낫냐 아니냐를 두고 싸울 때는 아니지요."

"맞습니다. 그래서 제가 여러분을 모신 것 아니겠습니까. 비록 화상 회의긴 합니다만."

"그래, 화이트이글 마스터께서 우리 북미 대륙의 길드 마스터를 모두 모은 이유를 들어봅시다."

"잡담들 그만큼 했으면 이제 본론으로 들어갈 때도 되었지요. 자, 조용히들 합시다."

"하하하, 감사합니다. 그럼 이리저리 말 돌릴 것도 없이 간단하게 용건을 말씀드리겠습니다. 코리아의 미래 길드라는 곳에서 굉장한 물건을 만들었다고 합니다."

"그 굉장한 물건이란 것이 크라딧과의 싸움에 도움이 되는 것인 모양이구려?"

"그렇습니다, 아이언 스워드 마스터. 그것을 이용하면 헌터들을 이면공간으로 진입시킬 수 있다고 하더군요."

"뭐라고요? 헌터들을 이면공간으로?"

"아니, 그게 정말이오? 아니, 정말이니 이 많은 사람들을 모아놓고 이야기하고 있겠지. 그래, 그걸 어떻게 구할 수 있다는 거요?"

"아니, 그전에 우리 전부를 모아서 그런 이야기를 하는 이유가 뭐요? 그 정도의 정보라면 일단 선점하는 것이 유리할 텐데."

"그러게 말이오. 화이트이글 마스터가 그렇게 인심이 후한 사람은 아니었을 텐데?"

수십 명의 길드 마스터가 모여 있는 증강 현실 회의장은 순식간에 시장 바닥처럼 시끄러워졌다.

쾅쾅쾅!

"조용히들 하십시오! 이래서야 이야기를 할 수가 있겠습니까?"

회의를 주관한 화이트이글 길드의 마스터가 방장의 권한을 이용해 커다란 의사봉을 두드려 굉음을 내면서 소리를 질렀다.

증강 현실 회의장을 서비스하는 인터넷 업체의 로고가 번쩍이는 의사봉은 순식간에 사람들의 이목을 집중시켰다.

그리고 주위가 조용해지자 화이트이글 마스터가 다시 이야기를 시작했다.

"어차피 조금 있으면 모두 알게 될 사실이니 숨길 필요가 없기 때문에 제가 여러분을 모신 겁니다. 여러분도 아시는 것처럼 지금 세상은 국가나 대륙별 교류가 쉽지 않습니다."

"그야 몬스터들이 등장한 후로 어쩔 수 없는 상황 아닙니까."

"록마운틴 길드장님 말씀대로입니다. 그래서 문제가 되는 겁니다. 우리는 저 바다 건너에 있는 미래 길드로부터 이면공간

이동 장치를 구입해야 하는 상황입니다."

"판매를 한다는 말입니까?"

"그렇습니다, 조카텐 길드 마스터님. 미래 길드에서는 이면공간으로 헌터는 물론이고 일반인까지 진입시킬 수 있는 이동 장치를 판매하겠다고 했습니다."

"그것만 구할 수 있다면 이면공간 방어가 훨씬 쉬워지겠군요. 거기다가 잘만 하면 일반인들도 이면공간으로 진입시켜서 에테르를 각성시킬 수 있을 테고 말입니다."

"맞습니다. 하지만 문제가 있습니다."

"그 문제란 것이 뭡니까?"

아이언 스워드 길드장의 질문에 다시 소란은 가라앉고 모두의 시선이 화이트이글 길드장에게 쏠렸다.

*   *   *

"그러니까 그 장치를 구입해서 수송하는 것까지 모두가 구매자가 책임을 져야 한다는 건가?"

"그렇습니다, 맹주님."

"거기다가 장치를 구입하는 데 필요한 비용은 이면공간 특산물과 에테르 주얼, 또는 에테르 코어, 그것도 아니면 주인 없는 천공기로 하는 거고?"

"그, 그렇습니다."

"어이가 없지만 또 구하지 않을 수도 없는 물건이 그거란 말이지? 그런데 다른 나라에서는 벌써부터 길드 컨소시엄을 구성해서 단체 구입을 시도한다고?"

"미국 놈들이 제일 앞서 있고, 유럽과 일본, 호주 등이 뒤를 이어서 미래 길드와 협상하고 있습니다."

"그걸 우리가 어떻게 차지할 방법은 없고?"

"그 생산자가 이종족이라고 합니다."

"이종족? 이종족과의 교류는 관리자 때문에 막혀 있는 거 아니었나?"

"지구와 연결된 이면공간에서의 교류는 제한을 받았지만 그렇지 않은 경우는 상관이 없는 듯합니다."

"그러니까, 반도국의 하찮은 소수 길드가 이면공간 통로를 이동해 다른 곳에서 이종족과 교류했다는 소리군. 우리 대중화의 무사들도 하지 못하고 있는 일을."

"근래에 사파 쪽에서 이면공간 통로를 이용할 수 있는 패를 몇 개 얻었다는 소리가 있습니다만 아직 저희 정천무림맹의 맹도 중에선 소식이 없습니다."

"이면공간에서 이종족들이 관리자들 때문에 모습을 감추고, 그 유적에서 발견되었다는 것을 말하는 건가?"

"네, 그게 있어야 이면공간 통로를 이동할 수 있습니다."

"그것도 반도국의 태극인가 하는 쪽에선 이미 활용을 하고 있는 것 아니었나? 어째 이면공간과 관계된 일은 모두 그 둥이

(東夷) 놈들보다 못하단 건가? 쯧쯧."

"그래도 현 상황에서는 저희의 전력이 절대적으로 우세합니다. 천공무사의 수는 약간 부족하지만 헌터, 그러니까 일반 무사의 수에서는 월등히 앞서고 있습니다."

"쯧쯧, 인구가 얼마나 차이가 나는데 그 정도도 안 되면 혀를 물고 죽어야지. 그나저나 마교니 혈교니 녹림이니 하는 놈들이나 세가나 문파 따위를 내세우는 놈들 때문에 이렇게 찢어져 있어서야 어디……."

"그러면 어찌합니까? 그 전송 장치의 구입은 저희 정천무림맹 단독으로 추진을……."

"멍청한 소리! 그래서야 다른 놈들에게 뒤질 수밖에 없잖은가. 군사가 일단 제법 뼈대 있는 놈들과 협상을 해봐. 군사 말대로 미래 길드에서 전송 장치 생산량에 상한선을 그었다면 어떻게든 빨리, 그리고 많이 구입해야 할 거 아닌가. 우리가 일반 무사의 수가 월등히 많으니 일단 그 장치만 있다면 이면공간들을 선점하는 것은 어렵지 않을 테지."

"아, 알겠습니다, 맹주님."

중국의 거대 길드 중의 하나인 정천무림맹의 전략기획실을 맡고 있는 군사는 그렇게 길드장인 맹주의 결재를 얻어서 물러났다.

천공기사가 생겨난 이후로 중국은 조금씩 무림(武林)이 어쩌고 하더니 결국은 천공기사들을 천공무사라 부르기 시작했으며, 천공기사와 헌터를 통틀어 무림인이라 부르게 된 중국이다.

그 때문에 길드의 이름도 그런 쪽으로 변하기 시작하더니 결국 마교니 혈교, 구파일방, 오대세가, 녹림 등의 길드가 생겨났다.

그중에서도 정천무림맹의 맹주는 그 정도가 심해서 스스로 맹주라 칭한 것은 물론이고 길드의 구성을 무협식으로 바꿔놓았다.

"휴우, 일단 마교, 혈교, 화산, 무당 정도만 먼저 이야기해 보고 그 후에는 여론을 몰아야 하나? 아니면 한꺼번에 모아서? 아니지, 많이 모여 봐야 시끄럽기만 하고 결론이 안 나오지. 딱 그 정도에서 결정을 내리고 함께할 놈들만 모으자. 그게 속 편하지."

정천무림맹의 군사는 사무실로 향하면서 그렇게 결정을 내렸다.

다섯 손가락 안에 들어가는 그 길드들이 모여서 결정을 내리게 되면 다른 길드들은 알아서 몰려들 것이 분명했다.

*　　　*　　　*

"그래서 일은 나한테 맡기고 넌 또 간다고?"

"카피로 종족과 이야긴 잘 끝났잖아. 나흘 정도에 하나씩 만들고 판매는 네가 알아서 하면 될 일이지."

"야, 그게 되냐? 니가 없으면 그 좌표인가 뭔가 하는 거 제대로 입력이 안 된다면서?"

"일단 설치해 두라고 해. 그럼 내가 알아서 간다잖아."

"그러니까 어떻게 해결을 할 거냐고 묻잖아. 누구 속 터져서 죽는 꼴 보고 싶냐? 응?"

"허휴!"

세현은 재한의 고함에 어쩔 수 없다는 듯이 한숨을 쉬었다.

"내가 물건을 인도하기 전에 단체 구매자들을 모두 한자리에 모으라고 했지?"

"그래."

"그리고 그 사람들, 분명히 그 전송 장치를 설치할 이면공간에 다녀온 상태여야 한다는 말도 했고?"

"그, 그렇지."

고재한은 슬슬 차가워지는 세현의 분위기를 느끼며 말을 더 들었다.

"그 사람들의 천공기 주얼에 그들이 다녀온 이면공간 좌표가 남아 있는 건 모르지?"

"그, 그러냐?"

"그래. 이쪽에서 넘어가면 이쪽 좌표가 남고 저쪽에서 넘어오면 저쪽 좌표가 남아."

"그래서? 설마 그 좌표들을 모두 훔치려는 거냐?"

"훔치긴 뭘 훔쳐? 그게 있어야 전송 장치에 좌표를 입력해 줄 거 아냐!"

"그러니까 그들이 헌터를 보낼 이면공간의 좌표를 그 사람들의 천공기 주얼에서 확보해서 전송 장치에 기록해 준다는 거네?"

"맞아. 그게 어려운 작업은 아니니까 물건 출고하기 전에 한꺼번에 하면 되는 거지."

"야, 그럼 이면공간으로 들어가는 건 그렇다고 치고, 반대쪽은?"

"그건 신경 안 써도 된다. 이번에 전송 장치를 손 좀 봤다. 그래서 양쪽에 설치하고 한 번만 작동시키면 비어 있는 반대쪽엔 알아서 좌표가 입력된다. 뭐 처음에 좌표가 있어야 하는 건 어쩔 수 없지만."

세현의 말에 재한이 한참 세현을 쳐다보았다.

"뭐냐, 그 눈빛은?"

"그 좌표, 꼭 필요하냐?"

"그럼 좌표도 없이 어떻게 사람을 이동시키냐?"

"하지만 전송 장치가 서로 연결되어 있다면 굳이 좌표가 필요 없지 않냐?"

"미안하지만 아직은 그 정도까지 진척이 안 된 거다. 이면공간과 현실 공간은 거의 완벽하게 단절되어 있는 상태라서 서로 쌍을 이루는 전송 장치라도 좌표 없이 연결은 안 된다. 그래서 내가 몇 번이나 강조했잖냐. 구매자가 그 필드에서 마지막으로 있던 바로 그 장소에만 전송 장치를 설치해야 한다고 말이지."

"그게 그 이유 때문이었냐?"

"아무튼 애먼 사람 의심하지 말고 장사나 잘해. 솔직히 그 크라딧 놈들이 열 받게 하지 않았으면 전송 장치를 이렇게 대량으로 푸는 일은 없었을 거다."

"대량은 무슨, 그래봐야 사나흘에 하나씩인데. 그걸로는 절대로 수요를 맞출 수가 없다."

"뭐, 능력 있는 놈들이 많으니까 카피를 해내는 놈들이 생기겠지."

세현은 심드렁하고 대꾸했다.

사실 카피로 종족이 만드는 전송 장치로는 턱없이 모자란 것을 세현도 알고 있었다.

때문에 세현은 굳이 전송 장치에 사용된 마법진 등을 숨기지 않았다.

"그러니까 더 나쁜 놈이지. 결국 만들어봐야 좌표 설정은 너만 할 수 있는데. 그걸로 또 얼마나 뜯어내려고?"

"그건 그때 봐서. 남의 사업 아이템을 훔쳤으니 로열티를 내야지. 크큭. 아무튼 나는 다시 팀 미래로와 함께 움직일 테니까 그렇게 알아. 그리고 태극 쪽에 너무 퍼주지 말고."

"알았다. 그건 내가 알아서 할 테니까. 조심해서 다녀!"

"그래, 걱정하지 마라."

Chapter 3

계속되는 팀 미래로의 탐사 여행

"이곳 필드가 이렇게 연결되면 결국 여기서 미래 필드까지 가려면 중간에 여덟 곳의 필드를 지나야 하는 건가?"

[음! 제일 빠른 길, 지금은 그래. 맞아.]

세현은 '팥쥐'가 홀로그램으로 띄워놓은 이면공간 입체 지도를 살피고 있었다.

그 지도는 무척이나 복잡했다.

어떤 경우에는 이쪽 끝에 있는 이면공간이 반대쪽 끝에 있는 이면공간과 통로가 연결되어 있는 경우도 있었다.

사실상 이면공간들은 제멋대로 흩어져 있고, 그 공간이 또 겹쳐 있기도 했다.

그러니 하나의 지도로 만드는 것은 무척 어려운 일이었다.

홀로그램으로 표시를 했다고 하지만 그것이 정말로 이면공간들의 배치를 표현한 것은 아니었다.

그저 세현과 '팥쥐'가 파악하고 있는 이면공간들을 적절하게 늘어놓고 그 이면공간들이 통로에 따라서 어떻게 연결되어 있는지를 표현한 것뿐이었다.

"그래도 이종족이 제법 많이 있어. 특히 지구와 직접 연결되지 않은 이면공간에 이종족이 있는 경우가 많은 것 같아."

[음! 맞아, 맞아.]

'팥쥐'도 세현의 생각에 동의한다는 듯이 짧은 목을 끄덕거렸다.

'팥쥐'는 여전히 햄스터의 모습을 고수하고 있었다.

"어쨌건 이종족들이 우리에게 적대적이지 않다는 건 다행이지. 우리가 문제를 일으키지 않으면 그들이 우리를 먼저 공격하는 경우는 없으니까."

[음. 그래도 위험해. 세현은 관리자의 보호 대상이 아니라고 했어. 다른 이종족들이. 음음.]

세현의 말에 '팥쥐'가 걱정하는 기색을 드러내며 말했다.

"알고 있어. 우리 지구인들은 이면공간의 주민이 되지 못했어. 그래서 이면공간의 주민이 된 이종족들처럼 보호 받지 못하지. 그건 크라딧도 마찬가지고."

세현은 지구 출신의 천공기사나 크라딧이 이면공간의 관리자라는 절대적인 존재에게 인정을 받지 못했다는 사실을 알고 있었다.

그것은 이면공간의 주민들인 이종족이 몇 번이나 확인을 해준 사실이다.

지금까지 세현은 꽤나 많은 이면공간을 탐험하면서 다양한 이종족을 만났다.

그리고 대부분의 이종족 주민들과 우호적인 관계를 맺을 수 있었다.

이종족들은 여행자들을 어렵게 여기지 않았다.

도리어 거래를 하거나 혹은 몬스터 퇴치와 같은 험한 일을 함께하면 무척 기꺼워했다.

그들은 세현 일행이 절대로 자신들에게 해코지할 수 없다는 사실을 잘 알고 있었다.

그래서 세현 일행을 두려움이나 거리낌 없이 대했고, 세현도 그들에게 손해가 될 일은 철저하게 삼갔다.

팀 미래로는 그런 방법으로 이면공간을 탐색하는 동안 적을 만들지 않고 우호적인 이종족을 다수 만들 수 있었다.

"아쉬운 것이 있다면 그 전송 장치란 것이 지구와 직접 연결된 이면공간이 아니면 설치를 할 수 없다는 거지. 그걸 이종족들이 있는 이면공간에 설치할 수 있으면 훨씬 더 많은 교류를 할 수 있을 텐데 말이지."

[음? 연구해! 하고 있어. 그러니까 나중에는 될 거야. 음.]

'팥쥐'가 세현에게 나름의 응원을 건넸다.

"그래, 그렇게 되었으면 좋겠다, 나도."

세현이 그렇게 말하며 '팥쥐'의 머리를 검지로 살살 긁었다.

'팥쥐'는 무척이나 기분 좋다는 느낌을 세현에게 한가득 전했다.

'팥쥐'가 무척 즐기게 된 쓰담쓰담이다.

"마스터!"

그때, 천막 밖에서 현필의 목소리가 들렸다.

팀 미래로의 헌터들을 총괄하는 위치에 완전히 적응한 현필이다.

"준비가 끝났습니다."

"알았습니다. 저도 나가지요."

세현은 대답하고 몸을 일으켰다.

그는 짐을 모두 정리해서 묶어둔 배낭을 들고 천막 밖으로 나갔다.

세현이 나오자 대원 둘이 달려들어 천막을 순식간에 접어서 손바닥보다 작은 주머니에 넣었다.

펼치고 접는 것이 간편하고 부피가 작은 그 천막은 의외로 이종족과의 거래에서도 인기 상품이었다.

"갑시다. 또 어떤 이면공간이 우릴 기다리고 있을지 기대되는군요. 하지만 혹시라도 남색 등급이나 보라색 등급이면 곧바로 철수할 겁니다. 잊지 마십시오."

세현은 매번 하는 경고를 팀 미래로 대원들에게 하면서 이면 공간 통로로 들어섰다.

그 뒤를 팀 미래로의 대원들이 순서대로 따랐다.

세현의 바로 뒷자리는 여전히 호올이었다.

"특이한 곳이네. 여기에 이면공간 통로가 있다는 것을 알고 있는 모양이지?"

"그런 거지. 아니면 여기서부터 길을 만들어놓을 이유가 없지."

호올이 세현의 말에 대꾸했다.

"아주 정비가 잘되어 있는 길입니다. 그런데 이곳의 등급을 알기가 어렵습니다."

현필이 세현의 곁으로 다가서며 말했다.

"일단 눈으로만 봐도 꽤나 넓은 곳이니 초록색 등급 이상은 되는 것 같군요."

세현이 주변을 둘러보며 말했다.

"그렇게 보기엔 또 에테르 수치가 무척 낮은 것 같은데?"

호올이 중얼거렸다.

"관리가 잘된 곳인 모양이지. 코어에서 생산되는 에테르를 아주 철저하게 관리하면 가능하잖아."

세현이 말했다.

이면공간의 에테르는 그 공간을 유지하는 코어가 만들어낸다.

그렇게 생산되는 에테르를 아주 잘 관리하면 생성되는 모든 에테르를 이면공간을 유지하고 발전시키거나 성장시키는 데 사용할 수 있었다.

그렇게 되면 당연히 버려지거나 새어 나가는 에테르가 없어서 그 이면공간의 에테르가 희박해지는 것이다.

당연히 그런 곳에는 몬스터, 즉 에테르 기반 생명체도 만들어지기 어려웠다.

"정말로 그런 거라면 이곳은 굉장한 곳이겠습니다. 도대체 어떤 종족이 이곳을 관리하고 있을까요?"

현필이 정말로 궁금하다는 표정으로 주변을 둘러보았다.

"야, 저기 봐. 저거, 몬스터 아니지?"

"그럼 몬스터겠냐, 몬스터 패턴도 안 보이고 공격적이지도 않은데?"

"처음 보는 동물이잖아. 어떻게 다리가 여섯일 수가 있지? 거기다가 꼬리가 둘이잖아. 꼭 사슴처럼 생겼는데 꼬리는 길고 다리는 여섯이고. 신기하지 않냐?"

"당연히 신기하지. 그렇다고 몬스터는 아니잖아."

"저거 잡아먹으면 맛있을까? 한번 쏴볼까?"

"이게 미쳤나? 저게 이곳 주민이 키우는 거면 어쩌려고?"

"야, 어차피 필드에 돌아다니는 동물인데 키우긴 뭘 키우냐?"

"시끄러워! 너, 쓸데없이 사고 치면 그걸로 끝이야, 끝! 전에 그 두 놈, 괜히 설치다가 해고당한 거 몰라?"

"그거야 그놈들이 술 처먹고 이종족 주민하고 싸워서 그런 거잖아!"

"지랄하지 말고 그 아둔한 머리에 꼭 기억해 둬라. 팀 미래로에선 새로 투입된 이면공간에선 시키지 않은 짓은 절대로 하지 않는다. 적어도 그 이면공간에 대한 것이 어느 정도 밝혀질 때까지는."

"그 말이 맞지. 풀 한 포기라도 어설프게 건드리지 마라. 전에 그 돌탑들 기억 안 나냐? 그거 자칫 쓰러뜨리기라도 했으면 그때 우린 아주 작살이 났을 거다."

"마스터가 절대 건들지 말라고 해서 다행이지, 아니었음 그쪽 이종족들과의 교류는 좆 났을걸. 아, 너 들어오기 전인가?"

"아무튼 경계만 철저히 하고 쓸데없는 행동은 하지 마라. 다시 말하지만 잡초 한 포기도 뽑지 마!"

"예이, 예이, 알았습니다. 누가 정말로 쏟다고 했나? 농담 한번 했다가 순식간에 역적이 되는 분위기네. 쩝."

*   *   *

잘 정리된 길.

그것도 다듬어진 돌로 바닥을 깔아서 포장까지 해놓은 길을 따라 이동하며 팀 미래로의 헌터들은 긴장을 풀기 위해서 주절주절 떠들어댔다.

하지만 그런 중에도 그들의 눈빛에선 긴장감이 줄어들지 않았다.

포장된 길에서 얼마 떨어진 곳에는 특이하게 생긴 동물들이 무리를 지어서 돌아다니고 있고, 과일이 주렁주렁 열려 있는 나무들이 길을 따라서 드문드문 늘어서 있다.

"자연스러운 것 같으면서도 한편으로는 무척 인공적인 느낌이 나는 곳이군."

호올이 세현 옆으로 붙어서며 중얼거렸다.

"너도 그렇게 느꼈냐? 나도 그런 느낌인데."

"시간이 지나면서 자연스레 인공적인 느낌이 덜어진 것 같아 보이는군."

호올이 다시 말했고, 세현도 고개를 끄덕였다.

그렇게 걸음을 옮겨서 팀 미래로는 꼬박 하루를 지난 후 새로운 변화를 맞이했다.

"저걸 성이라고 해야 하는 건가?"

"아니면 산이라고 하고 싶냐?"

"제가 보기엔 산을 다듬어서 성을 만든 것 같습니다만."

세현, 호올, 현필이 각각의 감상을 말했다.

"저건 무슨 로마냐?"

거기에 세현의 한마디가 보태졌다.

"로마? 그건 또 무슨 말이야?"

호올이 이해를 하지 못하고 되물었다.

"모든 길은 로마로 통한다는 말이 있습니다. 아마도 그 때문에 하신 말씀이 아닐까 싶습니다."

대답은 현필이 대신했다.

그 말대로 팀 미래로가 바라보는 거대한 산, 혹은 성으로 수많은 길이 모여들고 있었다.

세현 일행이 따라가던 길도 결국 그곳으로 향해 있었다.

"중간중간에 갈라진 길들이 결국은 거미줄처럼 이어지다가 저 성으로 모이는 거로군."

세현이 멀리 보이는 성을 이리저리 살피며 말했다.

엄청난 규모의 성이다.

산의 크기는 그냥 봐도 높이가 500m는 넘을 것 같은데, 그 산 전체를 하나의 성으로 만들어놓았다.

더구나 그 산, 성은 주변을 30m가 넘는 성벽으로 둘러친 상태였다.

돌과 흙으로 만들어진 성벽, 그 너머로 유럽의 중세 건물을 연상시키는 건물들이 길을 중심으로 좌우로 빼곡하게 들어서 있었다.

그런데 그 길이 산의 정상으로 이어지고, 건물들 역시 길을 따라서 이어져 산꼭대기까지 산의 굴곡을 따라 쭉 이어졌다.

"저 집들마다 사람들이 모두 살고 있다면 인구가 수백만은 되지 않을까?"

"그렇겠지. 그런데 어째 뭐가 움직이는 모습은 전혀 안 보이는데?"

"그러게. 개미 새끼 한 마리도 없어."

"모두 집 안에만 있는 건가?"

"내가 좀 이상한 건지는 몰라도 저 성, 뭔가 어긋나 있는 것 같아."

"어? 너도 그래? 나도 뭔가 이상하다는 느낌이 드는데."

"나도."

"지랄들! 딱 보면 모르냐? 저거 그냥 집만 잔뜩 있는 거잖아. 길하고. 그거 말고 뭐가 있냐? 사람이 있냐, 개새끼가 있냐? 그렇다고 나무가 있어, 공원이 있어? 저거 그냥 우리 쌍둥이가 블록 쌓기 해놓은 거랑 다를 게 없는 거잖아."

헌터 중에 쌍둥이 아들을 가진 이가 동료들의 느낌을 간단하게 정리했다.

"정말 그렇군. 저건 그냥 모형처럼 느껴지는데?"

세현이 고개를 끄덕였다.

"블록 쌓기가 뭐냐?"

호올은 이면공간의 통역으로도 블록 쌓기가 제대로 전달이 되지 않았는지 세현에게 물었다.

"아이들 놀이. 작은 벽돌을 여럿 쌓고 노는 거지. 상상에 따라서 그 갖가지 모양의 벽돌을 쌓고 이어서 건물을 만들거나 하기도 하고."

"음, 그런 건가?"

호올은 대충 짐작이 간다는 듯이 고개를 끄덕이며 그것이 눈앞에 있는 거대한 구조물과 어떤 연관이 있는지 이해하려고 생각에 잠겼다.

"자, 출발합니다. 어쨌거나 저기에 이면공간의 주민들이 있을 가능성이 높을 것 같으니 말입니다."

세현이 팀 미래로를 이끌고 언덕을 내려가기 시작했다.

어차피 부딪쳐 봐야 할 일인데 머뭇거릴 이유가 없었다.

그러면서 세현은 '팥쥐'가 전해주는 미니맵에서 시선을 떼지 않았다.

성이 가까워질수록 미니맵에는 조금씩 빨간색 점들이 나타나고 있었다.

몬스터인지 아닌지는 파악할 수 없지만 일정 크기 이상의 생명체를 표시하는 것이다.

붉은색의 표시는 그들이 이종족이란 사실이 밝혀지면 녹색으로 바뀔 것이고, 몬스터라면 계속 붉은색으로 남을 것이다.

[음, 숫자가 많아. 아주 많아. 음음.]

성에 가까워질수록 미니맵은 온통 붉은 물감을 쏟은 것처럼 변하고 있었다.

그 정도로 숫자가 많다는 소리다.

팀 미래로를 이끌고 성으로 다가가는 세현의 마음이 불안해지기 시작했다.

하지만 결국 세현의 걸음은 굳게 닫혀 있는 성문 앞까지 도착하고 말았다.

약탈 종족의 성에 들어가다

끼이익! 그르르르르륵, 쿠구궁!

세현이 높이가 20m는 되어 보이는 성문 앞에 도착하자 듣기 거북한 마찰음과 함께 성문이 비스듬히 열렸다.

문이 완전히 열린 것은 아니지만 앞뒤로 엇갈려 열린 문틈으로는 버스도 지나다닐 수 있을 것 같았다.

"어서 오십시오, 여행자들."

그리고 그 문 뒤에서 한 명의 이종족이 세현 일행을 맞이했다.

"음?"

세현은 그의 모습에서 언뜻 떠오르는 종족이 있었다.

개미를 닮은 외형에 배 부분이 퇴화한 모습.

[음. 돌비틀에 살던 사람들과 닮았어. 음음.]

'팥쥐' 역시 세현과 같은 생각인 모양인지 천공기 안에서 기척을 냈다.

'돌비틀 종족은 그들의 고향이 몬스터들에게 점령당할 때 거꾸로 몬스터들이 나오는 이면공간으로 들어왔다고 했잖아. 그게 그들이 고향을 떠난 첫 시도이고 마지막 시도라고 하지 않

았나?'

세현은 이전 돌비틀 종족이 사는 이면공간에서 들은 내용을 떠올리며 의아한 표정을 지었다.

"여행자께선 어째서 그러는지요? 느낌이 좋지 않은데?"

세현 일행을 맞이하던 돌비틀 종족은 세현의 표정 변화를 보며 언짢은 기색으로 물었다.

세현은 개미의 얼굴에서 표정을 읽는 경험을 다시 하게 된 것이 한편으로는 재미있었다.

"이전에 다른 곳에서 당신 종족을 만난 적이 있습니다. 그래서 재미있다는 생각을 하던 중입니다."

"우리 종족? 이곳이 아닌 다른 곳에서 우리 약탈 종족을 만났다는 건가?"

"약탈 종족이란 이름은 아니었습니다. 그들을 스스로 무슨 종족이라 따로 이름을 붙이지 않았지요. 다만 그들이 돌비틀과 함께하기에 돌비틀 종족이라 제가 이름을 붙였습니다."

"돌비틀? 그건 설마하니 풍뎅이를 말하는 건가?"

"그렇습니다."

"들은 기억이 있습니다. 풍뎅이와 함께하는 노예들이 있다고 말입니다."

"노예라고요?"

"듣지 않았습니까? 우린 약탈 종족이니 당연히 노예를 거느리지."

"저, 될 수 있으면 존대나 하대 중에서 한쪽만 선택하시는 것이 어떻습니까? 듣기에 무척 거북하니 말입니다."

"무슨 말인지 모르겠습니다. 내가 하는 말이 어떻게 들릴지는 나도 알 수 없습니다. 이면공간의 통역이 어떻게 전해지는지 그걸 내가 어떻게 알겠어?"

"으음, 그렇습니까?"

세현은 이면공간에서의 통역 기능이 제멋대로인 상황인가 싶어 어쩔 수 없다는 생각을 했다.

"그런데 노예들이 다른 곳에서 살고 있다고? 그게 어딘지 알 수 있겠습니까?"

"먼저 인사부터 나누지요. 저는 여기 일행을 이끌고 있는 세현이라고 합니다. 우리는 지구라는 행성에서 왔습니다. 지금 지구는 몬스터들의 창궐이 거세게 진행되는 상황이지요."

"음, 파라포네라 클라바타라고 합니다. 우리는 스페코머마의 진정한 주인이지요."

"스페코머마? 그게 뭐지요?"

"사라진 우리의 고향입니다. 그래서 우리들은 스페코머마 종족이라고 하지요. 다른 이종족들에게 우리를 소개할 때에는 그렇게 말합니다."

"내가 만난 돌비틀 종족은 그저 자신들을 휴먼이라고 하던데요?"

"그야 스페코머마의 자긍심이 없는 것들이니 그랬겠지. 하지만 우리는 고향을 잊지 않고 그 전통을 지키려는 스페코머마의 진정한 전사, 군림자들입니다."

"음, 알겠습니다, 파라포네라 님. 아, 이렇게 불러도 됩니까?"

"그게 제 이름입니다. 파라포네라. 그러니 그렇게 부르는 것이 옳지요. 아무튼 어서 오십시오. 이곳은 우리의 새로운 스페코머마입니다."

파라포네라는 열린 성문을 막고 있던 몸을 옆으로 옮기며 일행에게 성문 안으로 들어올 수 있도록 자리를 비켜주었다.

세현은 일행과 함께 성문 안으로 들어갔다.

세현이 보고 있는 미니맵에선 여전히 엄청난 숫자의 붉은 점이 움직이고 있었다.

그 점 중에 몇은 녹색으로 변해 있기도 했다.

'모두 같은 종족이 아닌 거였어?'

세현이 마음속으로 '팥쥐'에게 물었다.

[음. 달라. 여럿이 섞여 있어. 많이 달라. 음.]

'팥쥐'는 탐지 범위 안에 있는 생명체들이 눈앞에 보이는 파라포네라와 같은 종족만이 아니라고 세현에게 말하고 있었다.

'여러 종족들이 섞여 있다고?'

[음! 맞아. 전혀 다른 종족들 여럿이야. 음음. 다양. 맞아, 다양해.]

'팥쥐'는 모처럼 아주 적절한 단어 선택을 해냈다는 기쁨을 세현에게 전했다.

'그렇구나. 다양한 종족이란 말이지? 그것도 전부 땅속에 있는 거고?'

[음음. 그래, 저 아래, 아래에 있는 거야. 음.]

'팥쥐'는 그렇게 말하면서도 미니맵을 입체로 바꾸지 않았다.

미니맵을 입체로 전환하면 그 범위가 확연히 줄어드는 까닭에 세현은 자신이 요구하기 전에는 평면으로 하라고 '팥쥐'에게 이야기해 놓았다.

"자자, 이리로 가지요, 이리로."

파라포네라는 성문 안으로 들어온 일행을 길을 따라서 한쪽으로 안내했다.

그리고 세현 일행이 들어온 성문은 그들이 몇 걸음 옮기기도 전에 다시 육중한 소리를 내며 닫혔다.

일행은 그 성문을 열고 닫는 것이 땅속으로 연결된 굵은 쇠사슬이란 사실을 그제야 알 수 있었다.

"지하입니까?"

"그야 당연하지요. 우리 스페코머마 종족이야 원래부터 땅속에 살았던 것을요. 설마 그 돌비틀을 데리고 다닌다는 노예들은 그렇지 않다는 말입니까?"

파라포네라는 세현의 물음이 도리어 놀랍다는 표정이다.

"음, 그들 돌비틀 종족은 돌비틀 속에서 생활하고 있었습니다. 그들의 돌비틀은 돌연변이를 일으켜서 그 크기가 엄청나게 큽니다. 그래서 그 몸 안에서 살고 있지요. 그중에 제가 본 제일 큰 돌비틀은 여기 성만큼이나 큰 것도 있었습니다."

"크으음, 믿기 어려운 소리군요. 하지만 여행자가 우리에게 굳이 거짓을 말할 이유는 없을 테니 사실이라고 생각해야겠지? 하지만 역시 노예 따위가 그렇게 대단해졌다는 것은 믿기 어렵군. 으음."

파라포네라는 세현의 말에 무척이나 심기가 불편해진 표정을 지었다.

"커엄, 어쨌건 따라와라. 우리 스페코머마의 위대한 제국을 소개하겠다."

하지만 오래지 않아서 표정을 고치고는 세현 일행을 지하도 안쪽으로 안내했다.

그가 안내한 계단으로 이어진 통로는 넓고 깨끗했다.

거기에 천장에는 빛을 내는 돌이 일정한 간격으로 박혀 있어서 어둡지도 않았다.

다만 계단이 제법 길게 이어져서 일행을 불안하게 만들었다.

*   *   *

"저건 뭡니까?"

"뭐가 말입니까?"

"저기 저 이종족들 말입니다."

"뭐긴 뭡니까, 우리 스페코머마의 노예들이지."

"노예라고요?"

세현이 깜짝 놀라서 물었다.

"아까도 이야기했지만 우리 종족은 약탈 종족입니다. 스페코머마, 그 영광스런 과거부터 지금까지 우리 종족은 약탈을 통해서 노예를 거느리고 있습니다. 당연한 일이지."

"하지만 관리자가 그걸 두고 보진 않았을 텐데 어떻게 이종족을 노예로 삼을 수가 있다는 겁니까?"

"크흐흐흐. 그게 뭐가 문제입니까. 여행자들이 모두 관리자의 보호를 받는 것도 아니고, 또 보호를 받는 이들이라고 하더라도 그들이 우리를 먼저 침범하는 경우엔 당연히 우리도 스스로를 지키기 위해서 싸울 수 있는 것이지. 그리고 그렇게 싸워서 이기고 사로잡은 놈들은 저렇게 노예가 되는 거고."

파라포네라는 당연하다는 듯이 말했다.

하지만 그 순간 세현은 자신들이 아주 위험한 상황에 처했다는 것을 깨달았다.

자신들 역시 관리자의 보호를 받지 못하는 입장이다.

그 말은 스페코머마 종족이라는 저들이 세현 일행을 공격할 수도 있고, 또 노예로 삼을 수도 있다는 것을 의미했다.

세현은 일행에게 눈짓을 보냈다.

당장 무슨 일이 벌어진 것은 아니지만 지금 이곳이 위험 지대임을 상기시키기 위해서였다.

하지만 그런 세현의 행동은 별 필요가 없었다.

이미 일행 모두 바짝 긴장한 표정으로 주변을 살피는 중이었다.

"크흐흐. 바짝 긴장해서 쏟아내는 페르몬이 대단하군요. 하지만 걱정하지 마십시오. 지금 당장 당신들을 어떻게 할 생각은 없습니다."

"듣자니 당신들 스페코머마 종족 역시 관리자의 보호를 받지 못하는 것 같은데?"

세현이 존대를 하지 않으며 파라포네라에게 물었다.

이런 상황에서 상대에 대한 존대는 의미가 없다고 여긴 것이다.

세현은 그러면서 미니맵과 주변을 살폈지만 일행을 포위하려는 움직임은 아직 보이지 않았다.

그러니 어느 정도 대화를 나눌 시간 정도는 있을 것 같았다.

"그야 어쩔 수 없는 일이지요. 우린 별로 관리자의 지침에 순종적이지 않으니까. 거기다가 관리자는 우리가 노예를 부리는 것을 싫어하는 것 같더군. 뭐, 그래봐야 우리 종족이 본래부터 그런 종족인 것을 바꿀 수는 없으니 손을 놓고 있기는 하지만."

"본래부터 그런 종족이라니, 돌비틀 종족은 노예 따위는 거느리지 않았다."

"크허허! 아까부터 그 풍뎅이를 데리고 있던 놈들을 이야기하는데, 그것들은 과거 스페코머마에서도 우리 약탈 종족의 노예였다."

"웃기는 소리. 내가 그들과 이야기하는 중에 한 번도 그들이 노예로 살았다는 소리를 들어본 적이 없다."

세현은 파라포네라의 말을 정면으로 부정했다.

아무리 떠올려 봐도 돌비틀 종족의 과거 이야기 중에 그들의 노예였다는 소리는 없었다.

"당연하지. 우리에게 들키지 않고 살아가던 놈들일 테니까. 우리에게 발견되었다면 무사할 수 없었을 것이 분명하니까. 크크."

"그게 무슨?"

"넓고 넓은 스페코머마, 그곳에서 우리 약탈 종족은 모든 노예를 다스리는 정점이었다. 우리와 대적할 수 있는 이들은 같은 약탈 종족뿐, 그 이외의 놈들은 우리에게 들키는 족족 끌려와서 우리 제국을 세우고 유지하는 데 쓰였지. 그것이 우리의 역사다. 우리는 전사! 싸우는 이들! 약탈하는 이! 필요한 것은 끌고 온 노예들이 마련하는 것이다."

파라포네라가 자랑스럽다는 듯이 목소리를 높였다.

세현은 그 모습에서 문득 예전 다큐에서 본 약탈 개미를 떠올렸다.

오로지 싸움만 하면서 일반적인 개미들을 공격해서 그 알을 훔치고 부화시켜서 일을 시키는 개미들.

그 개미 종에는 일개미가 없다고 했다.

오로지 병정개미뿐으로 개미집 안에서 균사를 재배하거나 굴을 뚫는 등 생산 활동을 하는 종류의 개미들은 모두 다른 종류의 개미라고 했다.

즉 다른 개미를 공격해서 빼앗아온 알에서 부화한 일개미들이 그런 일을 한다는 내용이었다.

개미를 닮은 스페코머마 종족, 그중에서 이곳에 있는 이들은 그 다큐의 약탈개미와 같은 부류이고, 돌비틀 종족의 경우는 일반 개미로 생각하면 딱 맞는 상황이다.

"그럼 이곳을 건설하고 유지하는 것도 모두가 노예들이란 소리군."

세현이 파라포네라를 보며 말했다.

"당연한 일이다. 우리는 싸우고 또 싸울 뿐이지."

"그럼 어째서 우리를 공격하지 않았지?"

세현은 문득 그것이 궁금했다.

지금 눈앞에 있는 파라포네라를 봐도 무척이나 호전적인 성격으로 보였다.

그런데 막상 세현 일행을 공격하지는 않고 이곳까지 데리고 온 것이다.

"우리의 영역에 대한 침범, 그것이 우리가 적을 공격할 수 있는 명분이다. 물론 너희처럼 관리자의 보호를 받지 못하는 이들은 그냥 공격을 해도 상관이 없었다. 하지만 언제부턴가 그것도 관리자의 제약이 생겼다. 그래서 우리 영역을 침범하지 않으면 우리도 공격을 할 수 없게 되었지."

파라포네라는 무척 아쉽다는 표정으로 말했다.

"그러니까 우리가 너희의 영역을 침범한 침입자가 되지 않았기 때문에 우리를 공격하지 못했다는 거냐?"

"그렇지. 거기다가 무사히 이곳까지 도착했으니 우리는 너희와 싸울 기회를 잃게 된 것이다. 그것이 관리자의 제약이지요."

"그럼 한 가지 물어보지. 너희의 영역을 침범한 침입자와 침입자가 아닌 경우는 어떻게 구별하나?"

세현이 파라포네라에게 물었다.

"크흐흐, 우리가 준비한 길을 따라오는 이, 그 길을 벗어나는 이. 기준은 단지 그것이다. 당신들처럼 길을 따라서 벗어나지 않는 이들은 침략의 의도가 없다고 본다. 먼저 공격당하지 않는다면 싸울 수가 없기 때문이지."

파라포네라는 세현의 질문에 그렇게 대답했다.

"우와, 그럼 만약에 길옆으로 다가온 동물들을 잡아먹었으면 어떻게 되는 거야?"

"미친, 니가 그 짓을 했으면 우리도 저기 다른 이종족처럼 발목에 족쇄 차고 노예가 되었겠지."

"크흐흐흐, 우리의 땅에서 우리의 것을 훔쳤다면 당연히 그랬겠지. 아쉬운 일이야. 그런 일이 벌어지지 않아서 말입니다."

"당신에겐 아쉽겠지만 우리에겐 참으로 다행스러운 일이지. 자, 그럼 계속 안내를 부탁할까, 파라포네라?"

"알았습니다. 자, 이리로. 우리의 여왕께서 기다리시니. 크흐흐."

파라포네라가 다시 앞서서 일행을 이끌기 시작했다.

'믿을 수 있을까?'

[음? 몰라, 몰라. 음.]

'그래도 당장에라도 우릴 제압할 수 있을 것 같은데 공격하지 않는 것을 보면 괜찮을 것 같기도 한데……'

세현은 파라포네라의 뒤통수를 보며 상황을 파악하려 애썼다.

*　　　*　　　*

"저긴 농장인 모양이군."

"그렇지. 우리 스페코머마는 원래 땅속에 제국을 건설하고 그 안에서 많은 것을 해결하지. 저것도 그 전통 중의 하나야. 땅 밑 제국의 균사 농장. 하지만 아쉬운 점이 있지요. 원래 균사 농장은 스페코머마의 노예들이 제일 운영을 잘하는데 말입니다. 그런 의미에서 그 돌비틀 종족이라고 한 스페코머마 출신들이 어디 있는지 알 수 있겠습니까?"

"그들을 찾아가서 노예로 만들 생각인가?"

세현은 파라포네라를 노려보며 물었다.

좋은 인연을 쌓은 돌비틀 종족에게 해가 될 것이 분명한 파라포네라의 질문이 마음에 들지 않은 탓이다.

"크허허, 그 무슨 말씀을. 그저 알고 싶은 것뿐입니다. 우린 이곳 이면공간을 벗어날 수가 없으니까 그렇게 걱정하지 않아도 된다는 거지. 아무렴."

"그럼 굳이 그들에 대해서 신경을 쓸 이유도 없을 것 같은데?"

"그저 과거에 대한 추억거리 정도라고 생각하라고. 영광스러운 스페코머마, 그 위대한 전사들의 추억거리 말이지요."

"노예들이 고생이 심하군. 저들은 본래 땅속에서 사는 이들이 아닌 듯한데 말이지."

세현은 돌비틀 종족에 대해서 이야기할 생각이 없었기에 화제를 돌렸다.

지상의 도시처럼 꾸며진 지하의 모습은 천장이 없었다면 지하란 생각이 들지 않을 정도로 웅장했다.

그리고 그 모든 것은 족쇄를 차고 있는 노예들 손으로 만들어진 것이 분명했다.

지금도 세현 일행의 눈에는 족쇄를 차고 있는 여러 이종족이 손에 갖가지 도구를 들고 통로를 오가는 모습이 보였다.

"노예들에게 고생은 무슨, 저들은 모두가 자발적으로 저 일을 하고 있는 거지. 노예라고 해도 어떻게 강제로 일을 시키겠습니까. 저들의 수가 우리보다 많은데 말이지요."

"그게 무슨?"

"간단한 이야기지. 저들이 노예를 자처하고 있다는 이야기지. 크크크."

"말도 안 되는 소리! 누가 노예를 자처한단 말이야?"

세현을 따르며 곁에서 듣고 있던 호올이 버럭 소리를 질렀다.

"물론 처음에는 절대 그렇지 않았지. 하지만 싸움에서 패한 후에는 당연히 그렇게 해야지. 그것이 우리 스페코머마의 전통이니까."

"이종족들이 어째서 스페코머마의 전통을 따른다는 건지 알 수가 없군."

세현은 좀처럼 파라포네라의 말을 이해할 수가 없었다.

"크흐흐. 그게 궁금하면 우리와 싸워보면 될 일이지. 어때? 한번 싸워보시겠습니까?"

파라포네라는 세현을 보며 눈꺼풀이 없는 눈에 위험한 빛을 담았다.

세현은 그런 파라포네라의 제안을 받아들일 생각이 전혀 없었다.

"우린 싸우는 것을 별로 좋아하지 않아. 더구나 싸움에 패하면 노예가 되는 것이 조건이라면 더더욱 피하고 싶군."

"아쉽지만 어쩔 수 없지요. 자자, 저기 우리의 여왕께서 기다리고 계십니다."

드디어 도착했는지 파라포네라가 통로 끝의 거대한 문을 가리켰다.

이전과 달리 화려한 조각이 가득한 문이 통로를 막고 서 있었다.

"어서 오너라, 여행자들."

"스페코머마의 여왕이십니까?"

"맞다. 내가 스페코머마의 여왕이다."

"그렇… 군요."

세현은 스스로 스페코머마의 여왕이라고 주장하는 존재를 눈앞에 두고 그것을 인정해야 하는지 잠깐 고민했다.

파라포네라가 안내한 스페코머마의 여왕이 있는 곳은 거창한 외관과는 달리 안쪽은 텅 비어 있는 반구형의 공동이었다.

공동의 넓이는 무척 넓었지만 실제로 그 안을 채우고 있는 것은 간단한 가구뿐이었다.

그리고 침대와 탁자, 의자, 장식장 따위의 몇 가지 가구의 주인이 바로 스페코머마의 여왕이라고 주장하는 어린아이였다.

"보기에 내가 무척이나 초라해 보이는 모양이구나."

스페코머마의 여왕이 세현을 보며 말했다.

"아니라고 하긴 어렵겠습니다. 누가 이곳을 여왕님의 거처라고 생각하겠습니까."

"으응, 그렇기는 하구나. 하지만 내가 여왕인 것은 사실이다."

여왕은 세현의 가슴에 겨우 닿을 정도로 키가 작았다.

그리고 특별하게 강력한 기운을 품고 있는 것도 아니었다.

그리고 그보다 더 중요한 것은 스페코머마들이 여왕을 제대로 대우한다는 느낌이 들지 않았다.

공간만 넓을 뿐 여왕에 어울리는 그 무엇도 없었다.

심지어 여왕을 지키는 경호조차도 전혀 없는 상황이다.

"그러면 여쭙겠습니다. 여왕께서는 우리와 스페코머마 사이의 관계를 결정할 수 있으십니까?"

"너희와 우리 사이의 관계? 그것은 앞으로 너희가 계속해서 우리와 교류를 하고 싶다고 하는 것이냐?"

여왕이 세현을 보며 물었다.

그리고 세현은 여왕의 그 질문에서 여왕이 그저 어린아이로만 볼 수 있는 존재가 아님을 알아차렸다.

"우리는 이면공간을 여행하며 여러 이종족과 교류를 하고 있습니다. 그리고 앞으로도 지속적으로 교류를 이어가면서 그 범위도 넓혀갈 생각입니다."

"그렇구나. 너희가 지구에서 왔다고?"

"음, 그 말씀은 드린 적이 없는 것 같은데 알고 계시는군요?"

세현은 파라포네라와 인사할 때 지구에서 왔다는 말을 하기는 했다.

하지만 그 후로 파라포네라는 누굴 만나지 않고 곧바로 여기까지 일행을 안내한 후 물러갔다.

그러니 여왕이 파라포네라를 만나서 이야기를 나눌 기회는 없었다.

그런데 파라포네라와의 대화를 여왕이 알고 있는 듯하니 세현으로선 어떻게 된 것인지 궁금할 수밖에 없었다.

"네가 말하지 않았느냐. 그러니 아는 것이지."

하지만 여왕은 두루뭉술하게 세현의 궁금증을 넘겨 버렸다.

세현은 여왕에게 어떻게 된 일인지 자세히 설명하라고 따질 입장이 아니니 어쩔 수 없이 그냥 넘어갈 수밖에 다른 방법이 없었다.

"다시 여쭙겠습니다. 여왕님께서 우리 일행과 스페코머마 종족 사이의 문제를 결정하실 수 있으십니까? 물론 우리 일행의 문제는 제가 대표로 결정할 수 있습니다."

그래서 세현은 다시 한 번 이전에 한 질문을 여왕에게 했다.

"그야 당연한 일이다. 내가 여왕이니 당연히 스페코머마의 모든 문제를 결정할 수 있다."

"정말이십니까?"

세현은 전혀 의외의 대답에 깜짝 놀랐다.

종족의 문제 모두를 결정할 권한을 지니고 있는 여왕을 이토록 소홀이 대하고 있다는 것을 이해하기 어려웠던 것이다.

"그래. 그래서 결론을 말하자면 너희가 우리 스페코머마와의 약속을 지킨다면 우리는 너희를 동맹으로 대우할 것이다."

"약속이라니요? 어떤 약속을 말하는 것입니까?"

세현은 여왕이 약속이란 단어를 꺼내자 뭔가 걸림돌이 생긴 느낌이 들었다.

"별것 아니다. 우리 스페코머마에 대한 것을 외부에 알리지 않는 것이 우리의 요구다."

"네? 그게 무슨?"

"우리에 대한 이야기나 이곳에 있는 노예들에 대한 이야기, 그리고 우리가 노예를 얻는 방법에 대한 이야기 등등. 이곳 우리의 제국 안에서 보고 들은 것을 밖으로 알리지 않는 것을 요구하는 것이다."

"으음."

세현은 여왕의 말에 곧바로 대답하지 않았다.

약속은 쉽게 할 수 있지만 지키는 것은 쉬운 일이 아니었다.

"만약 그런 약속을 할 수 없다면 어떻게 됩니까?"

"그럼 너희는 다시는 우리 제국에 발을 들이지 못할 것이다. 이번에는 모르고 왔다지만 다음에는 이곳에 어딘지 알 터, 당연히 이곳으로 들어오면 침략으로 간주할 것이다. 너희에게 그렇게 경고해서 보내는 것이니 당연하겠지."

"곤란한 문제군요. 이곳 스페코머마 필드를 지나지 못하게 하시겠다니 말입니다. 하지만 저로서도 여왕님의 요구는 승낙하기가 어렵겠습니다. 스페코머마와 교류를 하려면 당연히 이곳에 있는 일행 이외에 다른 이들에게도 이곳에 대한 이야기를 할 수밖에 없는데 어떻게 그런 약속을 하겠습니까?"

"뭐가 문제인가? 지구 종족만 우리에 대해서 알면 되는 것이 아닌가?"

여왕은 세현의 말을 이해하지 못하겠다는 듯이 반문했다.

"그 말씀은 제가 여기 있는 일행 이외에도 지구인이라면 이곳과 여왕님에 대한 이야기를 해도 된다는 말입니까?"

"굳이 이야기를 해야 하는 것인가? 음, 너희는 하나로 연결되어 있지 않는 모양이군."

"네? 하나로 연결되다니요?"

"세현, 아마도 이들은 집단의식을 사용하는 모양이다."

그때 호올이 세현의 물음에 답을 던졌다.

"집단의식?"

"한 집단의 구성원 모두가 의식을 공유하는 경우를 말하는 거다. 의외로 그런 종족이 제법 있다고 들었다. 우리 온스 종족도 그들의 방법을 몇 가지 배워서 하나가 여럿이 되었을 때 의식의 공유를 부드럽게 하는 기술을 얻기도 했지."

"구성원 전체가 하나의 의식으로 묶인다는 건가?"

세현이 물었다.

"너희는 그게 안 되는 종족인 모양이구나. 우리 위대한 스페코머마는 그게 가능하지. 보통 때에는 각각 독립적인 사고와 행동을 하지만 필요할 경우에는 서로가 연결되어서 하나의 의식이 된다. 그것이 우리가 모든 노예 위에 군림하는 전투의 승리자가 되는 방법이지."

여왕이 세현의 물음을 듣고 말했다.

세현은 그런 여왕을 똑바로 쳐다봤다.

그리고 세현은 이 여왕이란 존재에 대해서 조금은 짐작을 할 수 있었다.

'여왕은 말하자면 집단의식을 대표해서 표현하는 단말기 비슷한 역할을 하는 것이군. 그래서 굳이 여왕을 대우할 필요가 없는 거였어. 어느 누구라도 저 자리에 있으면 여왕 노릇을 할 수 있을 테니까.'

세현은 그렇게 짐작했다.

"그래, 하등한 종족은 그럴 수도 있다. 그래서 어떻게 하겠느냐? 너희 지구인을 제외한 다른 종족에게 우리에 대해서 이야기하지 않는다면 너희는 우리와 교류를 할 수 있고 동맹이 될 수도 있다."

"동맹이란 것이 무엇인지 모르지만 그 약속을 할 수가 없다는 것은 분명합니다."

세현은 여왕의 말에 조금의 망설임도 없이 대답했다.

"어째서 그러냐? 그리 어려운 약속도 아니지 않느냐?"

그러자 여왕은 도리어 이해하기 어렵다는 표정으로 세현에게 물었다.

"나, 혹은 여기 있는 일행은 지구인 이외에 다른 이종족에게 스페코머마에 대해서 이야기하지 않을 수 있습니다. 하지만 우리의 이야기를 들은 다른 지구인들까지 그럴 수 있으리란 보장은 절대 할 수가 없지요. 우리는 스페코머마처럼 집단의식으로 묶여 있는 것이 아니기 때문에 개개인의 돌출 행동을 제어할 수가 없습니다."

세현은 여왕에게 간단히 이유를 대답했다.

여왕은 세현의 대답에 잠깐 말과 행동을 멈추고 움직이지 않았다.

그리고 잠시 후 다시 여왕이 입을 열었다.

"그렇구나. 네가 하는 말을 이해했다. 그래서 결국 너희는 약속을 할 수가 없다는 것이고, 이곳을 떠나면 다시는 이곳으로 돌아오지도 않겠구나."

"어쩔 수 없는 일이지요."

"그리고 우리 제국에 대한 이야기가 밖으로 널리 알려질 수도 있겠고?"

"아마도 그렇게 되겠지요."

"아쉬운 일이구나."

"네?"

"너희가 우리에게 위협이 된다면 우리는 어쩔 수 없이 너희를 잡아둘 수밖에 없지 않겠느냐?"

"그게 무슨? 우리는 스페코머마 종족에게 초대를 받고 이곳에 온 것입니다! 그리고 분명히 우리의 안전을 보장하지 않았습니까?"

세현은 갑작스러운 여왕의 말에 펄쩍 뛰듯이 소리를 질렀다.

"옳다. 우리는 관리자가 정한 규칙에 따라서 너희들을 공격할 수가 없다."

"그런데 우리를 잡아두겠다는 것은 무슨 말입니까?"

쿠구궁! 쿠르르르룽!

세현이 여왕에게 물었지만 그 대답은 여왕의 입이 아니라 공동 밖에서 들려왔다.

"무, 무슨? 설마 통로를 무너뜨린 겁니까?"

세현이 여왕을 노려보며 물었다.

하지만 여왕은 멍한 표정으로 대꾸를 하지 않았다.

"여왕님!"

세현이 다시 한 번 화난 목소리로 여왕을 불렀다.

"아, 저기… 미안해요. 저는 여왕이 아니게 되었어요. 그들은… 저를 버렸어요. 흐흑!"

그리고 그 순간 여왕은 허물어지듯 바닥에 주저앉으며 울음을 터뜨렸다.

"하! 기가 막혀서! 이게 무슨……?"

세현은 어이가 없어서 할 말을 찾지 못했다.

"일이 재미있게 돌아가는군."

호올은 지금 상황이 흥미롭다는 듯이 말했다.

그리고 딤 미래로의 대원들은 어떻게 할 기냐는 눈초리로 세현을 바라봤다.

*   *   *

"우린 갇혔어요."

한참을 울고 난 여왕이 체념이 가득한 어조로 말했다.

그동안 세현 일행은 여왕의 거처이던 공동을 하나하나 살피며 틈을 찾고 있었다.

하지만 세현 일행이 들어온 입구를 제외하곤 어디에도 통로가 없었다.

"이곳 말고는 출입구가 없는 겁니까?"

세현이 여왕에게 물었다.

"있었죠. 하지만 지금은 없어요. 그들이 만든 건축은 그런 쪽에서는 매우 특별해요. 전투를 유리하게 이끌기 위해서 통로를 만들거나 없애는 것이 쉽게 되어 있죠."

"그 말은 없어진 통로를 저들이 다시 만들 수도 있다는 겁니까?"

"맞아요. 하지만 우리가 살아 있는 이상은 절대로 통로를 열지 않을 거예요. 물론 당신들이 들어온 쪽은 완전히 무너진 것 같지만."

"그런데 어째서 스페코머마를 우리라고 하지 않고 저들이라고 하는 겁니까? 당신은 스페코머마가 아니란 겁니까?"

세현이 여왕의 단어 선택에서 뭔가 이상함을 느끼고 물었다.

"우리 종족은 서로 의식을 공유하는 이들만 일족으로 생각해요. 얼마 전까지는 나도 그들의 일원이었지만 이제는 아니죠. 이제 나는 나 홀로 존재하는 스페코머마의 전사일 뿐이에요."

"으음, 그게 가능합니까?"

세현은 의심스럽다는 표정으로 여왕을 바라봤다.

"당연한 일이에요. 그들이 나를 축출했어요. 완전히 버렸어요. 그러니 이제 그들과 나는 함께할 수 없죠. 남이 된 거라고요."

"뭐 그러다가 다시 의식을 공유하면 하나가 되고 그러는 거 아닙니까?"

세현의 의심은 쉽게 누그러질 성질의 것이 아니었다.

"절대 불가능해요. 내 의식을 그들이 뜯어냈어요. 그들과 내가 연결될 수 있는 통로는 이미 사라졌어요. 그리고 그와 동시에 나는 새로운 의식 통로를 가지게 되었죠."

"새로운 의식 통로라니 그건 뭐지?"

호올이 듣고 있다가 물었다.

호올에겐 지금 상황이 어떤가 하는 것보다는 스페코머마의 집단의식에 대한 문제가 더 관심이 있어 보였다.

"우리는 서로 의식을 공유할 수 있는 어떤 것을 가지고 있어요. 그것이 없으면 우리라고 할 수 없죠."

"그건 알겠어. 스페코머마는 집단의식을 가지고 있고, 그것을 서로 주고받을 수 있는 어떤 능력을 지니고 있는 것 같군. 그런데?"

"그게 없으면 스페코머마의 전사라고 할 수 없어요. 그러니 저들이 나를 버리는 순간 나는 내 의식에 새로운 통로를 만들었어요. 이제부터 나는 일족을 늘려서 나의 제국을 건설하는 거죠. 이제부터는 나를 여왕이 아니라 여황이라고 불러주세요."

"여황? 그게 뭐 다른 겁니까?"

세현이 물었다.

"당연하지요. 여황은 모든 스페코머마의 지배자예요."

"아니, 당신이 여왕이라고 하지 않았습니까?"

"여황 아래에는 무수한 여왕이 있어요. 당연한 것 아닌가요?"

여왕은 세현의 말을 이해하지 못하겠다는 듯이 되물었다.

"그러니까 모든 스페코머마를 다스리는 여황이 있다는 거군요?"

"당연하지요. 많은 수의 스페코머마 전사의 의식을 통합하고 하나로 묶는 것이 쉬운 일일 것 같아요? 그런 일을 할 수 있는 존재가 바로 여황인 거예요. 집단의 의식을 묶어서 하나로 만들고 또 수많은 개체를 통합해서 운용할 수 있는 능력은 오로지 그 여황만 가지고 있는 거죠."

"그런데 지금 당신은 앞으로 당신이 여황이 되겠다고, 아니, 지금 여황이 되었다고 하지 않았습니까?"

세현이 말을 끊으며 물었다.

"그래요. 지금부터 나는 하나씩 일족의 수를 늘려서 언젠가는 거대한 제국의 여황이 될 거예요."

"음, 그건 어떻게 그렇게 할 수 있는 거지?"

호올이 다시 끼어들며 물었다.

다른 대원들도 세 사람의 이야기를 흥미롭다는 듯이 지켜보고 있다.

"나는 이제 나만의 의식 통로를 지니게 되었으니까 내 통로와 같은 것을 지닌 일족을 만들어야죠. 그리고 그 수가 늘어나면 내가 그들의 여황이 되는 거예요."

"그게 가능한가? 수많은 개체가 뿜어내는 의식을 하나로 묶어내는 것을 네가 할 수 있다고?"

호올이 믿기 어렵다는 듯이 물었다.

"할 수 있어요. 차근차근 하나씩 하면 되는 거예요. 한꺼번에 모든 것을 이룰 수는 없지만, 하나씩 수를 늘려가다 보면 결국 언젠가는 거대한 제국을 만들 수 있어요. 물론 내가 살아남아야 한다는 문제가 있기는 하겠지만요."

"죽을 수도 있다는 건가?"

"당연하죠. 나를 버린 그들은 반드시 나를 죽일 거예요. 그렇지 않으면 언젠가 그들을 위협할 새로운 제국이 생겨날 테니까요. 그걸 그들도 알고 있죠. 당연히 저를 죽이려고 할 거예요."

"이해가 되지 않는군."

"뭐가 이해가 되지 않죠? 나는 여왕이었어요. 당연히 그들이 나를 버리게 되면 내가 여황이 될 수 있다는 것을 그들도 알아요."

"볼품이 없기는 했어도 여왕이 무슨 특별한 존재이긴 한 건가?"

호올이 혹시나 하는 표정을 지으며 말했다.

"여왕은 여황이 될 가능성을 지닌 이들인 거예요. 몰라요? 이 종족 중에서도 후손을 낳을 수 있는 개체가 분명히 있지 않나요?"

"아하, 결국 여자라는 것이 문제군요. 자손을 낳아서 번식을 할 수 있는 여자이기 때문에 여왕이 여황도 될 수 있다는 소리 아닙니까?"

세현이 이해가 된다는 듯이 말했다.

"하지만 마스터, 여자 혼자서 아이를 낳을 수도 있습니까?"

"그러게요. 지금 혼자잖습니까?"

대원 중에서 반론이 나왔다.

하지만 세현은 고개를 저었다.

"개미들 중에선 여왕이 아니어도 번식을 하는 경우가 있습니다. 일개미 중에서 일개미를 낳는 경우가 있지요. 그런 경우엔 혼자서 알을 낳는 겁니다. 아니, 그게 아니어도 굳이 상대가 없이 혼자서 번식이 가능한 종족이 있다고 해도 그게 크게 이상할 것은 없지 않습니까?"

세현이 그렇게 말하자 대원들은 대부분 고개를 끄덕거렸다.

지구의 생명체만이 진리는 아니란 것을 그들도 이제는 알고 있었다.

생명체의 번식을 지구 생명체의 것과 같은 방법만 고집할 수는 없었다.

"그러니까 이제부터 하나씩 새끼를 낳아서 그들로 제국을 건설한다는 건가?"

호올이 다시 물었다.

"그렇지요. 그들로부터 살아날 수만 있다면 그렇게 할 겁니다."

"그렇게 되면 또 어딘가에 노예를 거느린 스페코머마의 제국 필드가 생기겠군요?"

세현이 못마땅하다는 어투로 말했다.

그는 여전히 노예를 거느린 스페코머마를 못마땅하게 생각하고 있었다.

"당연한 일이에요. 오래도록 어머니들을 통해 이어진 전승을 따르는 것은 당연한 일이에요."

"하지만 스페코머마 출신의 다른 이들은 당신들과 달랐습니다. 그들은 굳이 노예가 아니어도 충분히 서로 도우며 잘 지내고 있었습니다."

세현은 여황이 될 거라는 그녀를 설득할 수 있었으면 하는 마음에 그렇게 말했다.

"비슷하게 생겼다고 같은 것은 아니죠. 우리의 전통은 그들과 다르니까요."

"하아, 말이 안 통하는군."

세현은 혼잣말을 하며 한숨을 쉬었다.

"그런데 당신들은 전혀 긴장하지도 않고 또 걱정하지도 않는군요. 이곳에 완벽하게 고립된 상황인데도요."

전직 여왕이던 스페코머마 여자는 뭔가 희망을 본 듯한 음성으로 말했다.

하지만 세현 일행 중에서 그 누구도 그녀에게 답을 주지 않았다.

도리어 모두들 그녀의 시선을 피할 뿐이었다.

"그 파라포네라의 말투가 그렇게 오락가락한 이유가 집단의식 때문이었다는 거군."

"맞아요, 호올. 전체는 아니지만 몇몇 의식이 연결된 상태이다 보니 말투가 그렇게 바뀌었던 거죠."

"거기다가 그 파라포네라와 우리가 함께 있는 것을 집단의식으로 살피고 있었으니 그 내용을 이곳에 있던 너도 파악을 하고 있던 거고?"

"당연하죠. 거기다가 여황은 원하면 그녀가 알고 있는 것을 각각의 개체에게 전달할 수 있어요. 전체 일족의 집단의식을 한꺼번에 묶어놓는 것은 피곤한 일이니까 몇몇 무리로 나누어놓고 있다가 필요할 때 하나로 묶어서 모두의 의식을 연결하면 그 모든 집단의 의식이 하나가 되어서 일체화가 되죠."

"그렇게 되면 그 집단의 개체는 얼마간 서로 다른 경험을 하며 시간을 보내기 전까지는 완벽하게 동일한 의식을 지닌 존재가 된다는 건가?"

"완벽하게 그렇게 될 수도 있지만 사실 그렇게까지 하지는 않아요. 그건 여황도 너무 힘든 일이니까요. 그래서 집단의식에선 대체적인 줄기만 만든다고 보면 되죠. 나머지 곁가지는 개체가 살아온 경험들로 채워지는 거고요."

"같은 스페코머라도 개성은 있다는 거로군."

"당연하죠."

"그걸 여황이 마음만 먹으면 완벽하게 하나로 묶을 수도 있고?"

"전투 상황에서는 그렇게 하죠. 몇 십에서 몇 백을 하나로 묶어서 그들의 의식을 완벽하게 동일하게 만드는 경우가 있으니까요. 그럼 전투가 끝난 후에 그들은 한동안 완벽히 같은 의식을 지닌 존재들이 되는 거죠."

"새로운 경험으로 개성이 생기기 전까지 그렇다는 거로군."

"확실히 온스 종족이라 다르네요. 그걸 쉽게 이해하니 말이에요."

"우린 언제나 하나가 여럿이 되는 것을 고민하는 종족이니까."

"그에 비해서 우리는 여럿이 하나가 되는 종족이죠."

"전혀 다른 것 같지만 따지고 보면 비슷한 점이 많지."

"그래봐야 온스는 하나가 열이 되는 정도지만 우리는 수백, 수천, 수만이 하나가 되는 종족이에요. 그 차이는 매우 커요. 에헴."

"지금 처지에서 그런 말을 할 때는 아닌 것 같은데? 거기다가 너희 종족과 우리 종족은 누가 더 우월한가를 따지기 어렵지 않나? 애초에 종족 사이의 우월성은 따질 수 있는 것도 아니고 말이지."

버림받은 여왕의 잘난 척을 호올이 무참하게 박살냈다.

"지금까지 쿵짝이 잘 맞더니 왜 갑자기 못 잡아먹어 안달이야?"

세현이 그런 호올에게 핀잔을 주었다.

"내가 틀린 말을 한 것은 아니지 않나? 우리 종족과 저 스페코머마 종족 사이에 우열을 가릴 수는 없는 것 아닌가?"

호올이 자신은 떳떳하다는 듯이 세현에게 항변했다.

"그래, 알았다. 네 말이 맞지. 종족 사이에 우열은 있을 수 없지. 아무렴."

세현은 그렇게 말하며 전직 여왕을 쳐다봤다.

"아무리 그래도 우리의 전통을 버릴 수는 없어요."

전직 여왕은 움찔하며 기어들어 가는 목소리로 말했다.

"그럼 어쩔 수 없이 우리는 당신을 여기에 두고 떠나야 합니다. 물론 그렇게 되면 당신은 저들에게 죽임을 당하겠지요. 하지만 그건 어쩔 수 없는 일입니다. 나는 당신이 제국을 건설하는 것도 말릴 생각이 없지만 당신이 수많은 노예를 거느리는 것도 도울 생각이 없습니다. 우리가 당신을 구하는 것이 그 노예들을 만드는 것이 될 테지요."

"그, 그러니까 내가 앞으로 노예를 만들 거라서 구해줄 수 없다는 건가요?"

전직 여왕이 고개를 번쩍 쳐들며 물었다.

"그렇습니다. 우리는 당신을 해칠 생각도 없지만 도울 생각도 없습니다."

세현은 그런 그녀에게 단호하게 말했다.

"그래도 전통인데요. 그리고 우리는 아무나 노예를 만들지 않아요. 전투가 벌어지면 당연히 승패가 나뉘게 되고, 또 그러면 승자가 패자에게 일정한 권리를 가지는 거잖아요. 우리는 패자를 죽이는 대신 노예로 삼을 뿐이라고요."

세현의 말에 전직 스페코머마의 여왕은 억울하다는 듯이 항변했다.

전투의 승리자가 그 권리를 행사하는 것뿐이란 말에 세현도 마땅히 반박할 말을 찾기 어려웠다.

죽음 대신에 노예가 되는 것.

어느 쪽이 좋을지는 세현도 당장 답하기 어려웠지만 그래도 살아 있어야 어떻게든 희망을 꿈꿀 수 있다는 점에서 생각하면 세현도 노예의 삶을 택할 것 같기도 했다.

"그 말이 맞을지도 모르겠군요. 하지만 그렇다고 해도 우리가 당신을 도울 이유는 되지 않습니다. 당신은 우리를 함정에 빠뜨린 저쪽과 같은 편이었으니까요. 이후에 버림을 받았다고 해도 그게 없던 일이 되는 것은 아니죠."

"지금은 아니잖아요. 그들과 나는 아무 상관도 없다고요."

"그래도 스페코머마 전사잖아요, 당신은."

세현은 그녀의 말을 받아들일 틈을 전혀 내어주지 않았다.

세현의 마음을 돌릴 가능성이 없다는 것을 깨달았는지 전직 여왕은 침울한 표정으로 그녀의 작은 침대로 가서 주저앉았다.

"자, 모여! 이제 우리가 뭘 해야 할지 결정하자!"

세현이 팀 미래로를 불러 모았다.

Chapter 4

당하고 도망만 가면 억울하지?

"어떻게 했으면 좋겠습니까?"

세현이 대원들을 모아놓고 물었다.

"마스터의 능력을 이용해서 그냥 미래 필드로 복귀하는 것이 어떨까 싶습니다만."

현필이 먼저 의견을 내놓았다.

"그게 제일 안전한 방법이기는 하지만, 당하고 그냥 가는 것도 좀 기분이 더럽지 않습니까?"

대원 중 막내가 입술을 삐죽 내밀면서 투덜거리듯이 말했다.

"그건 그렇지. 이게 뭐야? 우릴 여기 가둬두고 말이야."

"이건 우릴 그냥 굶겨 죽이겠다는 의도잖아? 직접 공격하는 것만 아니라면 그냥 넘어간다는 뭐 그런 거야?"

"눈 가리고 아웅 하는 거지. 뻔히 사람을 가두고 굶겨 죽이겠다는데 그 관리자란 쪽에서는 나 몰라라 하는 거잖아."

"하지만 우리가 그놈들 공격하면 그것들이 옳다구나 하고 떼로 몰려서 우릴 노예로 만들어 버릴 거 아냐?"

"그냥 적당히 치고 빠질 수는 없나?"

"여길 벗어나는 것도 쉽지 않은데 치고 빠지긴 어떻게?"

"그것도 그러네."

"그래도 마스터 능력이면 이 필드에 다시 오는 것은 일도 아니잖아. 돌아갔다가 온 길로 다시 와도 이곳 필드로 돌아오는 것은 어렵지 않은 일이고, 그럼 여기가 아니라 밖에서 한바탕 붙어볼 수도 있는 거 아닌가? 뭐 상황이 불리하게 돌아가면 후퇴하면 되는 거고. 다른 이면공간으로 넘어가면 지들이 어쩔 거야?"

"그거 맞는 말이네."

"그래, 그러면 한바탕해 볼 수도 있지. 더구나 우리 마스터는 감각이 뛰어나니까 포위나 매복당할 일도 거의 없고 말이야."

"그게 좋겠다. 맞아."

말문이 열린 대원들이 이리저리 떠들면서 조금씩 방향을 잡아갔다.

결국은 스페코머마 종족에게 한 방 먹이자는 쪽으로 의견이 모였고, 그 방법으로는 이곳 지하에서보다는 외부 필드에서 한

바탕하는 쪽으로 결론이 나고 있었다.

"저기요, 만약 싸울 거라면 여황을 노리세요. 여황이 없으면 스페코머마의 집단의식이 개체별로 찢어지고 그 모두가 독립된 스페코머마가 돼요. 지금의 저처럼 말이죠."

그때 전직 여왕 스페코머마가 일행의 이야기에 끼어들었다.

"우리의 대화에 당신이 끼어들 자리는 없습니다. 그리고 우리는 당신과 함께 행동할 생각이 없고 말입니다."

세현이 그녀에게 굳은 표정으로 말했다.

"알아요, 당신들이 나를 도울 생각이 없다는 것을. 하지만 당신들이 밖에서 싸우게 되면 나도 살아날 방법이 있을지 모르잖아요. 그래서 도우려는 거예요."

"당신의 도움이 정말 도움이 될지는 우리가 확인할 수가 없습니다. 방금 당신이 한 제안도 솔직히 생각해 보면 무척 위험한 제안입니다."

"위험하다니요? 어째서요?"

전직 여왕이 세현의 말을 이해할 수 없다는 표정으로 되물었다.

"당신은 여황을 죽이라고 했습니다. 그럼 남은 스페코머마가 모두 객체가 되어서 독립된 존재가 된다고 말입니다."

"맞아요."

"그럼 결국 당신 같은 존재가 더 생긴다는 의미가 아닙니까?"

"그렇죠. 여왕은 저만 있는 것이 아니니까요."

"그게 문젭니다. 그 여왕들이 모두 살아남을 수 있을지 어떨지는 모르지만 결과적으로 시간이 지나면 그들 중에 몇은 살아남아서 스페코머마의 제국을 건설하게 되겠지요. 안 그렇습니까?"

"맞아요. 그렇게 될 거예요."

"그래서 문제라는 겁니다. 지금 이 하나의 스페코머마도 문제인데 많으면 수십에서 수백이 될 스페코머마는 끔찍하지 않겠습니까?"

세현은 당장 여왕을 죽이는 것이 이익일지는 몰라도 미래에는 큰 재앙이 될 수 있다는 생각을 하고 있었다.

"그런 걱정은 하지 않아도 되지 않나요? 어차피 우리는 이곳 이면공간을 벗어나지 못해요."

"뭐라고요?"

"말 그대로예요. 우리 종족은 이곳 이면공간을 벗어날 자유가 없어요. 오직 이곳에서만 살아갈 수 있죠."

세현은 전직 여왕의 말에 카피로 종족을 떠올렸다.

그들은 이면공간 통행증을 무수히 가지고 있으면서도 다른 이면공간으로 가지 못했다.

"그 말을 어떻게 믿을 수 있습니까?"

"만약에 우리가 다른 이면공간으로 갈 수 있었다면 주변에 있는 수많은 이면공간이 우리의 영역이 되었을 거예요. 우리의 창고에는 노예들이 가지고 있던 수많은 통행증이 쌓여 있어요.

하지만 우리는 어떤 경우에도 이면공간 통로를 이용할 수 없어요. 바로 관리자에게 제약을 받기 때문이죠."

"그건 가능성이 있는 이야기로군. 전투를 통해서 노예를 만드는 이들의 전통을 생각하면 관리자가 제약을 줬을 수도 있겠어."

호올이 충분히 그럴 수 있다는 의견을 내놓았다.

"그래요. 그러니 그들의 여황을 죽이고 스페코머마 모두를 객체로 만들면 그 후는 신경 쓸 필요가 없어요."

"신경 쓸 필요가 없다고요?"

"그렇죠. 이 좁은 이면공간에서 여러 제국이 만들어지면 그 제국은 서로를 잡아먹기 위해 싸움을 벌이게 될 거예요."

"지금까지 들은 대로라면 그렇게 되겠군요."

"하지만 그 싸움은 쉽게 끝날 수가 없어요. 제국이 여럿이면 서로 죽지 않기 위해서 여러 방법을 쓰죠. 그러다가 동맹을 맺게 되면 결국 이 좁은 공간에 수많은 제국이 존재하게 돼요. 동맹은 서로를 공격할 수 없으니까요."

"흐음. 결국 소수로 나뉘어서 이곳 필드에서 서로 다투게 된다는 소리군요. 그리고 그건 지금 제국이 하나밖에 없는 상황보다는 나을 거라는 건가요?"

"당연해요. 규모가 작은 제국은 노예의 수도 적을 수밖에 없어요."

"그래봐야 동맹으로 세력이 커지면 지금과 다를 것이 없지 않나?"

호올이 전직 여왕의 말에서 허점을 찾아 찔렀다.

"그렇지 않아요. 동맹이라고 해도 생각이 같은 것은 아니죠. 또 서로 소속이 다르니 서로의 이익을 위해서 다툴 수밖에 없어요. 죽고 죽이는 것이 아니라고 해도 언제나 다툼이 생기죠. 그래서는 절대 발전을 할 수 없어요."

"그래서 그런 상황이 되면 당신도 생존 가능성이 높아질 거란 거군요?"

세현이 물었다.

"그래요. 그게 제가 원하는 거죠. 그리고 당신들도 그들에게 최고의 복수를 할 수 있는 거고요."

"할 수만 있다면 나쁘지 않은 것 같은데?"

호올이 세현을 보며 말했다.

"넌 그 여황인가 하는 존재를 확인하고 싶어서 그러는 거지?"

세현은 호올을 보며 그 속내를 어렵지 않게 짐작해 냈다.

"뭐, 여럿이 하나가 되는 정점에 있는 존재잖아. 어떻게 그럴 수 있는지 확인할 수 있으면 좋겠다 싶긴 하지."

호올은 자신의 바람을 숨기지 않았다.

"마스터, 일단 이야기나 들어봅시다. 그 여황인지 뭔지 하는 것을 잡아 족칠 방법이 있다면 나쁘지 않잖습니까?"

"그렇긴 하지."

"맞아."

대원 중에 하나가 세현에게 말했고, 다른 대원들의 호응이 그 뒤를 따랐다.

"모두의 의견이 그렇다면 한번 해봅시다. 스페코머마가 우리에게 한 짓이 있으니 적절한 복수를 하는 것도 나쁘지 않겠지요."

세현은 그런 대원들의 바람을 수용하기로 결정했다.

그리고 전직 여왕을 불렀다.

"자, 그럼 그 여왕이라는 존재를 어떻게 잡을 수 있을지 이야기해 볼까요?"

*　　　　*　　　　*

그녀는 스페코머마의 유일한 여왕이었고 과거 스페코머마 행성이 에테르 기반 생명체에게 점령당할 때의 기억을 가지고 있는 존재이기도 했다.

몇 번 여왕이 바뀌기는 했지만 사실상 스페코머마 종족에게 죽음이란 의미가 없었다.

기억의 전승.

집단의식을 통해서 기억을 전승시키는 방법으로 여왕은 죽어도 죽지 않는 존재였다.

그리고 그것은 그녀와 연결되어 있는 스페코머마 전체가 동일하게 적용 받는 혜택이었다.

물론 여왕은 자신이 가지고 있는 기억을 일반 개체들에게 모두 전해 주지는 않았다.

일반 개체들은 그들이 필요한 만큼의 기억만 가질 수 있으면 그만이었다.

그들은 그들이 할 일을 하고 여황은 여황의 일을 한다는 것이 지금 스페코머마를 이끌고 있는 여황의 판단이었다.

[어떻게 된 거지?]

[여왕의 공동에 잡아두었던 이들의 기척이 사라졌다.]

[설마 도망갔다는 건가? 빠져나갈 구멍이 있었다고?]

[그럴 리가 없다. 그곳은 완벽하게 통제되는 공간이다. 주변의 벽이나 바닥, 천장 어디를 건드려도 우리가 모를 수는 없다.]

[그렇다면 결론은 뭔가? 그들의 기척이 사라졌다는 것은?]

[유일하게 새로운 여황만 남아 있다. 다른 이들은 사라졌다.]

[확인이 가능한가? 들어가서 확인해야 하나?]

[그렇게 되면 곤란하다. 그들을 가둔 후에 우리가 그들과 조우하게 되면 우리는 그들을 구해야 한다.]

[그럼 다른 방법은?]

[그들이 사라졌다면 방법이 없다. 하지만 그들이 그곳에 있는 상태로 기척만 감춘 거라면 그냥 두면 된다.]

[그것이 옳다. 지금 사라진 자들을 찾지 못하는 상태에서 그곳 공동을 열 이유는 없다. 사라졌다면 우리의 손을 떠난 것이고, 기척만 감췄다면 처음 우리의 의도와 달라진 것이 없지 않은가.]

[옳다. 그냥 두면 된다. 새로 태어난 여황도 그곳에서 그냥 죽게 두면 될 일이다.]

[옳다. 그렇게 하자. 그렇게 하자.]

여황의 머릿속에선 숱한 생각이 어우러져 떠돌았다.

그녀의 생각이기도 하고 그녀와 연결된 객체들의 생각이기도 했다.

그리고 지금 떠돌아다니는 생각들은 여러 객체 중에서도 그녀의 지혜를 많이 부여받은 객체들에게서 나온 것이었다.

그들은 스페코머마 제국의 대소사를 결정하는 데 조언을 받기 위해 여황이 특별하게 육성한 객체들이었다.

여황은 잠시 시끄럽던 머릿속이 차분해지는 것을 느꼈다.

사라진 여행자들을 어떻게 할 것인지 방침이 정해진 이후로 조언자들은 조용해졌다.

딱히 스페코머마 제국에 문제가 될 것은 없었다.

스페코머마의 모든 구성원은 그들이 해야 할 일을 차질 없이 해내고 있는 중이었다.

그녀의 제국은 평화로웠다.

우우우우웅! 우우웅!

[뭐지?]

[여황의 거처에 무슨 일이 벌어진 거야?]

[위험하다! 전사들! 전사들!]

[여황을 보호하라! 여황의 거처로 움직여라!]

[어떻게 여황의 거처에 이상 현상이 일어날 수가 있지? 저건 도대체 뭐지?]

스화화화화확!

"서둘러! 어서!"

"저게 여황이다!"

"잡아 죽여!"

"공격!!"

여황의 거처에 나타난 것은 팀 미래로였다.

그들은 여황의 거처로 이동하자마자 곧바로 여황을 공격하기 시작했다.

여황은 전직 여왕이 알려준 것과 완벽하게 일치하는 모습을 하고 있었다.

거대한 덩치.

마치 애벌레를 떠오르게 하는 모습이지만 그 절반은 뇌, 나머지 절반은 생식기관이라고 했다.

생각하는 것과 자손을 낳는 것, 그 이외에는 어떤 것도 하지 않는 존재가 스페코마머의 여황이었다.

[그러지 마라! 그러지 마라! 죽이지 마라! 나를 죽이지 마라!]

여황은 팀 미래로가 무기를 앞세우고 달려들자 공황 상태에 빠지고 말았다.

지금까지 단 한 번도 받아본 적 없는 죽음의 공포가 그녀를 점령한 것이다.

"크윽! 역시 대단해!"

"젠장! 아욱! 머리야!"

"서둘러! 이러다간 오히려 우리가 당해!"

"으아아아아아! 죽어!"

퍼벅! 푸각! 츠리릿!

여황은 아무 힘도 없었다.

하지만 그녀가 기본적으로 가지고 있는 정신 능력은 얕볼 수 준이 아니었다.

어떤 체계를 따른 것도 아닌데, 그녀는 단지 공황 상태에 빠진 것만으로 주변에 있는 팀 미래로 대원들의 뇌에 영향을 주고 있었다.

하지만 그 또한 전직 여황에게 언질을 받은 상태.

세현은 팀 미래로에게 일어나는 이상 상태를 빠르게 해결하기 시작했다.

앙켑스를 이용해 여황의 정신 공격에 저항할 수 있는 성분을 급격하게 늘려준 것이다.

그리고 동시에 세현 앞으로 커다란 마법진이 등장하더니 연속으로 뇌전을 쏘아내기 시작했다.

파지지직! 파지지직! 파지지직!

[아아악! 그러지 마라! 아프다! 고통스럽다! 죽이지 마라! 그러지 마라! 아아아악! 아아악!]

여황은 세현을 비롯한 팀 미래로의 공격에 고통스러운 비명
과 함께 애원했다.

스페코머마 제국의 멸망

"막아! 멈춰야 해!"

"어떻게 여길 들어간 거야? 문 열어!"

"쉽게 열리는 문이 아니야. 애초에 여황을 보호하기 위해 만
든 공간이라고. 침입 자체를 못하게 막아둔 곳이란 말이야."

"그래도 빨리 서둘러! 여황이 위험해!"

"아, 제, 젠장!"

"으아아아아! 여황이, 여황이!!"

"끄으으으으윽!"

"아, 안 돼!"

덜덜덜덜!

우당탕탕!

갑자기 일어난 일이었다.

여황을 구하기 위해 분주하게 움직이던 스페코머마 전사들
이 돌연 몸을 떨다가 정신을 잃고 쓰러졌다.

그 원인은 간단했다.

그들의 여황이 죽은 것이다.

세현은 스페코머마 여황에 대한 측은지심을 가지지 않았다.

그것은 스페코머마, 그중에서도 약탈 종족의 특징을 전직 여황을 통해서 뚜렷이 알았기 때문이다.

약탈 종족 스페코머마의 본체는 여황이라 할 수 있었다.

모든 사고와 모든 행동의 중심에 여황이 있었다.

당연이 팀 미래로를 가둬서 굶겨 죽이자는 결정을 내린 것도 여황이었다.

사고의 중추이니 당연한 일이다.

세현은 자신을 죽이려 한 대상을 용서하거나 불쌍하게 여길 생각이 전혀 없었다.

그래서 팀 미래로는 여황에 대한 공격에 자비가 없었다.

비록 여황이 정신능력으로 어느 정도 반항은 했지만 애초에 그것은 그녀가 하는 최후의 발악에 불과했다.

세현의 번개 공격은 물론이고 이어진 앙켑스, 거기에 호올의 공격과 팀 미래로 헌터들의 무자비한 공격에 여황은 오래 견디지 못하고 죽었다.

여황이 죽은 모습은 말 그대로 커다란 애벌레의 옆구리가 터져 죽은 것 같은 모습이었다.

터진 옆구리 안으로 여황의 뇌가 꿈틀거렸지만, 그것은 사후 경직이 일어나기 전에 보이는 경련에 불과했다.

"끝났군."

호올이 세현의 곁으로 다가오며 말했다.

"그렇지. 하지만 우리가 얻은 것은 없는 것 같은데?"

세현은 복수는 했지만 여황을 죽여서 얻은 것이 별로 없다는 사실이 씁쓸했다.

"마스터, 스페코머마의 창고에 노예들의 이면공간 통행증이 있다고 하지 않았습니까? 거기에 가보면 뭔가 얻을 것이 있을 것 같은데요?"

"맞습니다, 마스터. 어차피 이렇게 된 거, 이 스페코머만지 뭔지 하는 곳의 보물 창고를 좀 털어보지요?"

"우와, 보물 창고?"

"진짜 보물 창고겠냐? 그냥 이놈들이 이것저것 모아놓은 곳을 찾아보자는 거지."

"그런데 여기서 어떻게 나가?"

"바보, 저기 문이 있잖아. 문 열고 나가면 되지."

"잠겼잖아."

"밖에선 잠겼어도 안에선 열리는 문이겠지. 보통은 그렇게 만들지 않냐? 설마 여황을 가둬두지는 않았을 거 아냐?"

"음, 그건 그러네. 어디 열어보자."

"그러자!"

팀 미래로의 헌터들이 우르르 문을 향해 몰려갔다.

높이가 10m는 될 것 같은 석문(石門)에 헌터들이 달라붙었다.

그그그그그!

"열린다!"

"봐, 내 말이 맞지?"

그그그그극! 쿠궁!

에테르를 사용하는 헌터들의 근력은 일반인과 비교할 수 없을 정도이다.

그런 헌터 십여 명이 몰렸으니 아무리 큰 돌이라도 밀려날 수밖에 없었다.

물론 문이 잠긴 상황이라면 이야기가 달랐겠지만 헌터들의 예상이 맞는지 안쪽에서 여는 것은 문제가 없었다.

"뭐야? 이것들, 왜 여기 쓰러져 있어?"

"죽일까?"

"그냥 두자. 어차피 여왕이 아니면 얼마 살지 못하고 죽을 거라고 했잖아."

"아, 그렇지? 여황이 죽었으니까 이것들은 이제 소속도 없이 홀로 떠도는 상태이고, 이제 깨어나면 서로 못 죽여서 안달인 관계가 된다고 했지?"

"뭐 이제 여황이 될 전 여왕을 만나면 수족이 될 수도 있지만 여황이 된 직후에는 한두 명의 수족만 거느릴 수 있다고 했으니 결국은 서로 싸우다가 죽고 그러겠지."

"그런가?"

"자자, 그만 떠들고 이동합시다. 가는 길에 이종족 노예를 만나면 그들에게 창고의 위치를 물으면 되겠죠."

세현은 팀 미래로를 이끌며 앞장서서 움직였다.

그가 향하는 방향은 노예가 있는 가장 가까운 곳이었다.

'팥쥐'는 여전히 미니맵에 스페코머마와 노예를 구별해서 표시하고 있었기에 노예를 찾는 것은 어려운 일이 아니었다.

"크아악!"

"죽여라! 저것들을 모두 죽여!"

"잡아라! 도망가지 못하게 해!"

"죽어! 죽어버리라고!!"

광장에는 악의가 넘치고 있었다.

스페코머마 전사들은 정신을 잃은 상태로 이종족의 공격을 받아 죽기도 하고, 먼저 깨어나 어떻게든 저항하려다가 머리가 으깨지기도 했다.

스페코머마의 전사들을 공격하고 있는 것은 얼마 전까지 노예 생활을 하고 있던 이종족들이었다.

지금껏 조용하다가 갑작스럽게 반란을 일으킨 것이다.

"뭐가 어떻게 된 거야? 설마?"

"세현, 네가 생각하는 것이 이종족들이 정신을 차린 건가 하는 거라면 나도 거기에 동의한다."

호올이 세현을 보며 말했다.

"그러니까 그전까지는 일종의 세뇌 같은 것에 걸려 있던 건가?"

"아무래도 그렇지 않았을까? 여황이 그렇게 만들었다고 봐야 겠지. 여황이 죽은 후에 저들이 저렇게 바뀌었다면 말이야."

"그나저나 이렇게 되면 스페코머마는 완전히 전멸하는 거 아 냐?"

세현이 상황을 둘러보며 말했다.

그의 말대로 노예였던 이종족들이 여기저기 떼를 지어 다니 면서 스페코머마를 보이는 족족 사냥하고 있었다.

"어디 잘 숨어서 목숨을 건지는 경우가 아니라면 완전 전멸이 겠는데?"

호올이 그렇게 말했을 때, 세현은 팀 미래로가 갇혀 있던 공 동을 떠올렸다.

그곳에는 여황이 된 스페코머마 하나가 갇혀 있다.

하지만 지금 상황을 본다면 그녀는 가장 안전한 곳에 머물고 있다고 볼 수 있을 것 같았다.

"우와, 영웅들이다!"

"저기 봐! 우릴 구해준 영웅들이야!"

"우와아아아아아!"

"고맙습니다! 고맙습니다!"

"정말 고맙습니다, 지구의 영웅들!"

그때, 스페코머마 전사들을 때려잡고 있던 이종족들이 팀 미 래로를 발견하고 흥분해서 소리를 지르기 시작했다.

"뭐가 어떻게 된 거야? 저들이 우릴 어떻게 아는 거지?"

세현이 깜짝 놀라서 중얼거렸다.

"아마도 집단의식 때문일 거야. 여황이 우리에게 공격을 받으면서 공포로 제정신이 아닐 때, 그녀가 보고 듣는 것이 집단의식으로 전체에게 퍼진 모양인데?"

호올이 그럴듯한 추측을 내놓았고, 그 예상은 맞았다.

여황은 패닉 상태에 빠진 후로 집단의식을 통제하지 못하고 그녀가 보고 듣는 것을 그녀와 연결된 모두에게 전했다.

그 때문에 여황의 지배를 받고 있던 노예들도 여황을 공격해서 죽인 이들이 누군지 정확하게 알 수 있었던 것이다.

"고맙습니다. 아아!"

"정말 고마워요!"

"당신들은 우리의 구원자입니다. 영웅입니다. 용사입니다."

팀 미래로는 짧은 시간에 수많은 이종족에게 둘러싸였다.

"아아, 이러지 마십시오. 우리가 불편합니다."

"자, 조금 떨어지세요."

대원들은 다가오는 이종족들을 어찌할 방법을 몰라서 허둥거렸다.

"음, 잠깐만! 여러분, 우리가 이러면 영웅들이 불편할 겁니다. 다들 아직 잡아 죽여야 할 벌레들이 남아 있다는 것을 알 것입니다. 가서 모두 잡읍시다. 여기는 한두 명만 남아서 이분들을 모시면 될 겁니다."

"맞습니다. 일단 벌레들부터 정리합시다. 자, 갑시다!"

"우와아아아! 죽이자!"

"벌레를 잡자!"

"해충 박멸!!"

이종족 중에 나이가 많아 보이는 인간형의 이종족 하나가 나서서 다른 이들을 진정시키고 일행에게서 떨어지게 만들었다.

그리고 풀려난 이종족들이 스페코머마를 잡으러 떠날 때에도 그는 함께하지 않고 팀 미래로의 곁에 남았다.

"정신이 없군요. 반갑습니다. 세현이라고 합니다."

"알고 있습니다, 지구에서 온 세현 님. 여기 있는 영웅들의 리더지요?"

"그렇습니다만, 혹시 포레스타 종족이십니까?"

세현이 조심스럽게 이종족에게 물었다.

"오호, 우리 종족을 알고 있습니까? 맞습니다. 저는 포레스타 종족입니다."

"아니, 어떻게 포레스타 종족이 여기 있는 겁니까? 애초에 포레스타 종족은 태어난 나무를 멀리 떠나지 못하는 것 아닙니까?"

세현은 그의 대답에 깜짝 놀라서 물었다.

"모든 나무가 땅에 뿌리를 박고 평생을 사는 것은 아니지요. 포레스타 중에서도 간혹 여행이 가능한 동족이 태어나곤 합니다. 저도 그 경우 중에 하나지요."

"아, 그렇군요. 그런데 실례가 되지 않는다면 어떤 나무에서 태어나신 건지 알 수 있겠습니까?"

세현은 이리저리 돌아다닌다고 하는 포레스타에 대한 호기심을 감추지 못하고 물었다.

"저는 포레스타 종족에게서 태어난 포레스타입니다. 그래서 이동의 자유가 있지요."

"포레스타에서 태어난 포레스타라니 이해하기가 어렵군요."

"허허허, 말 그대로 포레스타 종족이 나이가 들면 간혹 서로 짝을 맺고 후손을 보는 경우가 있습니다. 그렇게 태어난 포레스타는 나무에서 태어난 이들과 달리 대지에 묶이지 않지요. 물론 그런 경우 말고도 특별한 나무에서 태어나는 경우에도 여행을 할 수 있는 동족이 있기는 합니다만."

세현은 눈앞의 포레스타 종족이 그 특별한 나무에 대해서는 말하고 싶지 않아한다는 것을 느낄 수 있었다.

그래서 굳이 그를 곤란하게 하고 싶지 않아서 화제를 바꾸기로 했다.

"저, 그런데 어떻게 우리가 여황을 처리한 것을 모두 아신 겁니까?"

이미 호올이 짐작한 바가 있지만 확인하기 위해서 물었다.

"우리, 그러니까 그 스페코머마의 여황에게 사로잡힌 우리는 그 여황에게 정신을 제압당했습니다. 그 상태에서 우리는 그녀가 시키는 일만 하고 살아야 했지요. 더구나 우린 그런 중에도 온전한 정신을 유지하고 있었습니다. 비록 여황에게 제압당해 노예로 살고 있었지만 보고 느끼는 것은 가능했습니다. 물론 그런 중에 많은 이들이 죽고 또 새로 들어오고 했습니다. 그런데 오늘, 영웅들께서 그 여황을 공격하는 것을 우리 모두가 보았습니다. 여황의 집단의식이 제멋대로 날뛴 결과지요."

"아, 그래서 결국 우리가 여황을 죽인 것을 알게 되었다는 거군요?"

"그렇습니다, 은인."

"마스터, 여기서 이러지 말고 우리 보물을 찾으러 갑시다."

"그래요. 여기서 뭐 할 일도 없는데요. 잘못하면 다른 이종족들이 보물을 다 챙겨 갈지도 모른다고요."

"맞습니다. 서둘러 움직여야 합니다."

세현과 포레스타 종족이 이야기를 나누는 중에 대원들이 세현을 재촉했다.

"허허허, 보물 창고라……. 그렇군요. 이곳을 점령하셨는데 당연히 전리품을 얻으셔야지요. 자자, 그럼 이리로 오십시오. 이쪽에 스페코머마의 창고가 있습니다."

"창고요?"

"그들은 따로 귀한 것을 구별해서 모으지 않습니다. 필요한 것을 쓰고 그렇지 않은 것은 모아두고 하는 것이지요. 그래서 보물 창고라고 할 곳은 따로 없습니다. 심지어는 몬스터들의 주얼이나 이면공간의 코어도 그냥 창고에 던져두지요."

"네? 주얼이나 코어를요?"

"그 외에도 여러 가지가 있을 겁니다. 놈들이 노예들을 잡으면서 그들에게 빼앗은 것들을 모두 그곳에 쌓아두고 있으니까요. 자자, 이리로 오십시오."

포레스타의 노인은 앞장서서 팀 미래로를 이끌었다.

그들이 지나가는 통로마다 죽은 스페코머마의 사체가 늘어져 있고, 때때로 아직도 싸움을 벌이는 듯 충돌 음과 비명, 고함 소리가 들리기도 했다.

그런 것을 모두 무시하고 이리저리 통로를 지나 한참을 걸어온 후에 드디어 포레스타 노인이 발걸음을 멈췄다.

"이곳입니다. 여기가 그곳입니다."

넓은 공동의 벽에 열 개가 넘는 구멍이 빙 둘러 있다.

"저 안쪽에 잡동사니가 쌓여 있습니다. 스페코머마에겐 잡동사니지만 다른 누군가에겐 보물이 될 수도 있는 것들이 많을 겁니다."

포레스타 노인은 그렇게 말하며 활짝 웃었고, 팀 미래로의 대원들은 후다닥 창고를 향해 달렸다.

"우와 보물찾기다!!"

"보물이다!!"

스페코머마의 잡동사니 창고에서

이면공간에는 다양한 이종족이 존재했다.

세현이나 팀 미래로의 대원들은 그 많은 종류의 이종족 중에서 극히 일부만 만나봤을 뿐이다.

하지만 스페코머마의 창고에는 오랜 세월 그들이 노예로 부린 이종족들의 흔적이 고스란히 남아 있었다.

스페코머마는 의복을 걸치지 않고 장신구도 사용하지 않았다.

그들은 무기로 날붙이 종류 몇 가지를 쓰는 것이 도구 사용의 전부였다.

그러니 노예로 잡힌 이종족 역시 그와 비슷한 상태에서 생활했다.

옷은 처음 입은 것이 삭아 떨어지면 다시 구할 수가 없고, 에테르나 특별한 기운이 감도는 것은 모두 스페코머마에게 빼앗겼다.

그 후에는 거의 대부분의 일을 육체적인 힘으로 해야 한 노예들이었다.

"후아, 이거 봐. 이건 방패 같은데?"

"생긴 것이 좀 이상하지만 뒤쪽에 손잡이하고 팔뚝 고정대가 있는 걸 보면 방패가 맞긴 한 것 같다."

"방패가 꼭 살아 있는 것 같지 않냐?"

"그러게 무슨 괴물인지, 머리를 납작하게 눌러놓은 것 같은데, 정말 살아 있는 것 같긴 하다."

팀 미래로의 헌터 둘이 잡동사니 속에서 꺼낸 방패를 놓고 이리저리 돌려 보고 있었다.

마치 지구의 전설에서 나오는 염소 머리를 한 악마 바포메트의 머리를 닮은 방패였다.

바포메트의 머리 부분만 납작하게 눌러서 방패로 만들어놓은 것 같은 모습이었는데, 그 머리가 살아 있다고 느낄 정도로 생동감이 있었다.

"이건 벨트 같은데?"

"무슨 복싱 챔피언이냐? 그런 건 줘도 안 하겠다."

"부담 엄청 되긴 하겠다. 그래도 뭔가 있어 보이지 않냐?"

"그것보다 이건 어때?"

스르르릉!

"히야, 그거 좋은데? 무슨 날이 유리 같으냐? 검인데 신기하네?"

"그치. 이렇게 딱 들고 있으면 폼 나지 않냐?"

"거기에 이 투구 한번 써봐라."

"으엑, 귀에 날개 달린 투구? 그건 무슨 만화에 나오는 거냐?"

"여기도 있다. 어깨 보호대 같은데? 이것도 날개 비슷해 보이지 않냐? 저기 거 갑옷은 가슴에 날개 문양이 양쪽으로 펼쳐져 있는데?"

"그것들 혹시 한 사람이 빼앗긴 거 아닐까?"

"그럴까? 어디 찾아보자. 머리에서 발끝까지 모두 찾으면 어떤 모습이 될지 궁금하지 않냐?"

"그거 재미있겠다."

우당탕탕! 와르르르!

"야, 먼지 나잖아! 조심해! 그거 깨지는 거 아냐? 조심해서 좀 다뤄!"

"이것들아, 아직 살아 있는 이종족들 많아. 혹시 주인이 있는 물건일지 모르니까 얼렁뚱땅 따로 챙기고 그러지 마라. 어차피 나중에 검사 다 할 거야!"

"거참, 현필이 형님은 따따부따 무슨 참견이 그리 많습니까? 그냥 놀자는 거지 우리가 챙기긴 뭘 챙깁니까?"

"그러게. 걱정하지 말고 이리 와보쇼. 여기 이거 뭐에 쓰는 물건 같소?"

"신이 났군, 신이 났어."

세현은 대원들의 모습에 살짝 혀를 차며 중얼거렸다.

"허허허, 순수한 사람들입니다. 좋은 사람들이에요."

곁에서 포레스타의 노인이 세현을 따라 중얼거렸다.

"우리가 스페코머마의 여황을 처리한 것이 옳은 일이라 생각하십니까?"

세현이 문득 포레스타 노인에게 지나가는 말투로 물었다.

"그야 이를 말이겠습니까? 그 덕분에 수많은 이종족이 풀려 나지 않았습니까."

"그렇긴 하지만 막상 이종족을 죽인 것이 마음에 걸리는군요."

"영웅께선 살인의 기억이 없으십니까?"

"그건 아닙니다."

"그럼 이종족이란 것에 신경 쓰시는 것을 보면 같은 종족을 죽이신 것인데, 이종족을 죽인 것이 같은 종족을 죽인 것보다 신경이 더 쓰인다는 말입니까?"

포레스타는 이해하기 어렵다는 기색을 담아 세현에게 물었다.

"여기가 이면공간이기 때문이겠지요. 이전에는 관리자의 존재를 모르는 상태였지만 지금은 관리자가 있다는 것을 알고 있으니까요. 사실 누군가를 죽였다는 것에 죄책감을 느끼는 것은 아닙니다. 나를 죽이려고 한 이를 죽이는 것은 어쩔 수 없는 선택이기도 하고 권리이기도 하지요."

"그리 생각하신다면 다행이군요. 괜히 마음에 담아둬서 병이 되지는 않을 듯하니 말입니다. 그리고 관리자는 신경을 쓰지 않아도 됩니다."

"무슨 말입니까?"

"이면공간에는 관리자의 보호를 받는 이들과 그렇지 못한 이들이 있습니다."

"그건 어렴풋이 알고 있습니다."

"그거면 되는 겁니다. 보호를 받지 못하는 이들은 자유롭지요. 그들 사이의 분쟁에 관리자가 끼어드는 경우는 거의 없습니다. 지금 지구 출신 종족들 역시 그에 해당하고 이곳 스페코머마의 종족도 그렇습니다."

"다른 이면공간에 있는 스페코머마 출신들은 관리자의 보호를 받고 있던데, 종족으로 묶어서 판단하는 것이 아니었습니까?"

"음, 다른 곳의 스페코머마 출신이 다른 대우를 받고 있다면 관리자가 그들을 이곳의 스페코머마와 다른 종족으로 분류했다는 뜻일 겁니다. 제가 알기로 이면공간의 주민들은 종족별로 묶어서 처우를 결정하는 것으로 알고 있습니다."

"그렇군요. 그나저나 물건이 너무 많은데 그 쓰임이나 기능을 파악하는 것은 쉽지 않겠군요."

세현은 다시 팀 미래로 대원들이 이리저리 오가며 공동으로 가지고 나오는 물건들을 보며 말했다.

그중에서 호올은 그나마 식견이 있어서 그런지 쓸 만한 것들을 챙겨 나오는 모양이지만 그런 호올조차도 파악하지 못하는 물건들이 수두룩했다.

"허허허, 조금만 기다리시면 영웅께서 구해주신 이들이 모일 겁니다. 그리고 그들이 알아서 이곳의 물건들을 정리해 주겠지요. 물론 그들도 저들이 빼앗긴 것을 찾고 싶어 할 것이고 말입니다."

"하긴 잃어버린 물건을 찾기 위해 오긴 하겠네요."

"그들에게 자신들의 것이 아닌 물건 중에서 아는 물건이 있으면 꼬리표를 달아두라고 하지요. 그런 수고 정도는 해줄 겁니다. 아, 이쪽으로 오시지요."

포레스타 노인은 세현을 한쪽 창고로 이끌었다.

제일 구석에 있는 그 창고에는 다른 창고와는 달리 크고 작은 석판이나 금속판, 구슬과 보석 따위가 쌓여 있었다.

"이것들은?"

"아시겠습니까?"

"이면공간 통행증이라고 해야 하나요? 이면공간 사이의 통로를 이동할 때 필요한 것들이군요. 그리고 저건 천공기인 것 같은데요? 또 저건 뭔지 모르겠지만 비슷한 기운을 품고 있군요."

"맞습니다. 여기 있는 것들은 모두 이면공간을 이동하는 데 쓰이는 것들입니다. 하지만 이 중에서 영웅 분들께서 쓸 수 있는 것은 이면공간 통로를 지날 때 사용하는 것과 저기 천공기라고 부르신 것들뿐입니다."

"다른 것은 사용을 못한다는 겁니까?"

"다른 것들은 또 다른 종족들이 쓸 수 있게 만들어진 것들이지요. 지구 출신 종족들은 천공기를 쓸 수 있지만 다른 종족은 그걸 쓰지 못하는 것처럼 말입니다. 천공기는 애초에 지구 현실을 바탕으로 만들어진 것이니까요."

"그런 다른 것들은 다른 행성을 기준으로 만들어졌다는 이야기군요?"

"허허허, 맞습니다. 그러하지요."

"뭐가 되었건 이면공간을 이동할 수 있는 패는 굉장히 많군요."

"오랜 세월 동안 이곳에서 죽어간 노예의 수가 얼마나 많겠습니까. 그들의 것이 여기에 모두 모여 있는 것이지요."

"그런데 천공기가 여기 있다는 건 의외로군요."

"근래에 들어온 여행자들이 가지고 있던 것입니다. 사용은 하지 못하더라도 간혹 획득하게 되면 지니고 있는 이들이 있지요."

"천공기를 획득해요?"

세현은 다른 이종족들이 천공기를 획득한다는 소리에 무슨 말인가 되물었다.

원래 천공기는 지구를 기반으로 하는 이면공간에서 여러 가지 경로로 얻을 수 있는 것이다.

몬스터를 사냥하거나 채집 활동을 하거나 혹은 길에서 줍거나.

하지만 그런 경우도 모두 지구에서 이동할 수 있는 이면공간에서만 가능했다.

그런데 지금 이야기를 들어보면 천공기를 획득할 수 있는 또 다른 곳이 존재하는 듯하지 않은가.

"여기까지 오셨으니 이젠 알아도 되시겠지요. 말씀드리겠습니다."

"뭔가 있다는 거군요?"

"이면공간이 양대 세력으로 나뉘어서 대립하고 있는 것은 아시지요?"

"에테르 기반 생명체와 인간 종족들의 대립을 말하는 겁니까?"

세현은 짐작되는 바가 있어서 대답했다.

"바로 그겁니다. 대립은 실제로 이면공간 어디서나 일어나고 있는 듯 보입니다. 하지만 내면을 들여다보면 거의 대부분의 경우 에테르 기반 생명체가 사냥을 당하는 쪽으로 기울어져 있습니다."

"꼭 그런 것은 아니지만 이면공간에서 몬스터들이 사냥당하는 입장인 경우가 많기는 하지요."

"그런데 그 반대의 경우도 있습니다. 온전히 에테르 기반 생명체의 영역이 된 이면공간도 있다는 거지요."

"그야 그럴 수 있겠지요."

"에, 어찌 되었든 이면공간은 양분되어 싸우고 있습니다. 지금까지 경험하신 이면공간들은 대체로 에테르 기반 생명체의 세력이 약한 쪽에 해당하는 곳이었을 겁니다."

"음, 그것이 천공기와 무슨 상관이 있습니까?"

"그러니까 본격적으로 에테르 기반 생명체와의 전투가 벌어지는 분쟁 지역이 있다는 말이고, 그곳에서는 천공기를 비롯한 아티팩트의 출현 빈도가 훨씬 높다는 말이지요. 위험한 곳에서 싸우는 전사들을 위한 나름의 배려라고 할까요?"

"그래서 그곳에서는 천공기도 다른 곳보다 쉽게 얻을 수 있다는 이야기로군요?"

"허허허, 맞습니다. 그래서 이종족 중에서 천공기를 지닌 이들이 있는 거지요."

"제가 일행을 이끌고 이면공간을 어느 정도 탐험했지만 그런 소리는 듣지 못했는데 의외군요."

세현이 포레스타 노인을 보며 의아한 표정으로 말했다.

"허허허, 여기까지 오셨으니 이제 머지않았습니다. 몇 단계만 더 거치면 바로 분쟁 지역으로 가게 되지요. 물론 그것은 선택이지만 말입니다."

"선택이라고요?"

"맞습니다. 분쟁 지역은 이면공간이 아닌 또 다른 세상입니다. 이를테면 분쟁 지역은 하나의 행성이라는 말이지요."

"행성?"

"그렇습니다. 행성을 두고 서로 싸우는 곳이 분쟁 지역이고, 그곳을 에테르 기반 생명체에게 빼앗기게 되면 엄청난 숫자의 이면공간이 에테르 기반 생명체의 영향권 안에 들어가게 됩니다."

"잠깐, 그렇다면 혹시 지금 지구가 몬스터의 침략을 받고 있는 것도 그런 겁니까? 분쟁 지역?"

세현은 그렇게 물어보면서도 답을 알 것 같았다.

존재하지 않던 에테르 기반 생명체의 등장으로 지구는 몸살을 앓고 있었다.

그리고 그것은 분쟁 지역의 상황과 다를 것 같지 않았다.

몬스터의 창궐과 그에 맞서는 인류의 모습이 분쟁 지역이란 곳과 다를 것이 뭐가 있을까.

"허허허, 아직은 아니지요. 분쟁 지역이 된다는 것은 이종족 전사들이 뛰어들어서 그 세상을 구하려고 애쓸 때에나 성립하는 것입니다. 지구는 그저 에테르 기반 생명체들의 침략을 받고 있는 것이고, 그것은 지구 인종이 알아서 해결해야지요."

"분쟁 지역이 될 수 없다는 겁니까?"

"그것은 이종족 전사들을 끌어들일 정도로 지구가 매력적인 행성인가 하는 문제겠지요. 그리고 관리자 역시 지구에 그만한 가치가 있다고 여기는가 하는 문제이고 말입니다. 그리고 애초에 지구에서 벌어진 문제는 지구 인종이 알아서 해결해야 하는 것 아니겠습니까. 그게 당연한 것이지요. 외세를 끌어들이는 것은 좋은 일이 아닙니다."

"음, 그건 그렇겠군요. 이종족 전사의 도움을 받는다면 지구에서 뭔가 내줘야겠지요. 맞습니다."

세현은 노인의 말을 충분히 이해했다.

도움을 바라기 전에 스스로 해결해야 할 문제였다.

"그것도 그렇지만 최악의 상황이 되어서 분쟁 지역으로 선정되어 다른 이종족의 도움을 받아야 할 입장이 되더라도 그게 쉽지는 않을 겁니다."

"자세히 설명을 좀 해주시겠습니까?"

"저도 아는 것이 별로 없지만, 아는 대로 말씀드리자면 관리자에게 분쟁 지역 선정을 부탁할 수 있는 존재가 있어야 한다는 겁니다. 그러니까 지구 인종 중에서 그 정도의 위치에 있는 인물이 있어야 어떻게 말이라도 꺼내보지 않겠습니까?"

"그것 참, 그게 그렇게 되는군요. 관리자를 만날 수도 없는데 도와달라고 할 수는 없겠군요."

"바로 그겁니다. 허허허, 그래서 분쟁 지역이 또 중요하기도 하지요."

"네?"

"간단한 이야깁니다. 분쟁 지역에서 공을 세우면 자연스럽게 관리자의 눈에도 띄지 않겠습니까? 허허, 그런 거지요."

"아, 알겠습니다, 무슨 말씀인지."

세현은 포레스타 노인의 말을 충분히 이해할 수 있었다.

하지만 당장 지구가 몬스터에게 점령을 당해 멸망할 정도도 아니고 어느 정도 우세를 점하는 상황이라고 생각하고 있기에 심각하게 고민하지는 않았다.

"허허, 드디어 사람들이 모이기 시작하는군요. 대충 벌레 퇴치가 끝난 모양입니다."

포레스타 노인의 말대로 이종족들이 하나둘씩 창고가 있는 방향으로 다가오는 것이 세현의 눈에도 보였다.

*　　　*　　　*

[음음! 세현!]

'좀 기다려 보라니까. 지금 당장은 다른 일이 급하잖아.'

[음. 아냐. 이게 급해. 나 줘, 세현! 음음!]

'이게 전부 내 게 아니잖아. 이종족들도 권리가 있고 또 대원들하고 나누기도 해야지. 혼자 다 먹을 수는 없는 거야.'

[음. 아니야. 세현이 가지면 가지는 거야. 다른 거 대신 양보하면 좋아할 거야. 음. 그러니까 세현은 충분히 줄 수 있는 거야. 음음.]

'그래, 내가 고집을 피우면 가능하긴 하지. 하지만 그것도 때가 있는 거야. 막무가내로 일을 진행하면 나중에 문제가 생겨. 팀원들이 나를 못마땅하게 생각할 수도 있고. 그러니까 기다려!'

[음. 으음!]

세현은 '꿀쥐'가 의도적으로 전하는 강한 실망감을 애써 무시했다.

지금 세현은 스페코머마의 제국 건물 중에서 방 하나를 차지하고 앉아서 서류를 정리하는 중이었다.

그리고 그 서류는 다름 아닌 스페코머마 창고에 소장된 물품들의 내역이었다.

이종족들은 포레스타 노인의 말을 듣고 자발적으로 스페코머마 창고의 잡동사니에 꼬리표를 달기 시작했다.

수많은 이종족이 거쳐 가면서 어떤 잡동사니에는 이런저런 설명들이 붙기 시작했다.

어떤 것은 한두 줄의 간략한 설명이 끝인 경우도 있고, 어떤 것은 같은 물건을 종족마다 쓰는 방식이 달라서 굉장히 긴 설명서가 붙기도 했다.

세현은 이종족들에게 그들이 본래 가지고 있던 물건들을 챙겨가도록 했지만 그들 대부분은 기본적인 물품들만 지니겠다고 말했다.

노예로 살다 죽을 것을 구해준 영웅들에게 그들이 과거에 지닌 것들을 보상으로 주겠다는 뜻이라고 했다.

그 덕분에 스페코머마의 창고에 있던 물건은 거의 모두가 팀 미래로의 차지가 되었다.

당연히 세현은 팀 미래로의 수익으로 잡힌 물품들을 어느 정도는 파악해 둘 필요가 있었다.

그 때문에 다른 대원들이 모두 휴식을 취하는 동안 세현 홀로 서류와 씨름하고 있는 것이다.

그나마 포레스타 노인이 특별한 능력으로 세현에게 서류에 적힌 글을 읽을 수 있도록 도와줬기에 그것이 가능했다.

단기간이기는 하지만 포레스타 노인은 세현에게 노인이 알고 있는 모든 문자를 노인 수준으로 읽고 해석할 수 있는 능력을 주었다.

쉽게 말하면 노인이 가지고 있는 문자 지식을 빌려준 셈이다.

그래서 세현은 이종족의 언어로 되어 있는 서류를 다시 한글로 바꾸는 작업도 해야 했다.

언제까지나 포레스타 노인의 지식을 빌리고 있을 수는 없으니 그것이 가능한 동안에 일을 해야 했다.

"허허, 여기 이걸 하면 얼마 남지 않았습니다."

그때 세현이 있는 방으로 포레스타 노인이 한 아름의 서류를 들고 나타났다.

노인이 읽을 수 없는 언어로 적힌 꼬리표를 여러 이종족들에게 문의해서 해석한 것들이었다.

포레스타 노인이 그런 작업을 하고 있었기 때문에 세현 앞에 놓인 서류의 양은 좀처럼 줄지 않고 있었다.

"남색 등급의 에테로 주얼과 파란색, 남색 등급의 에테로 코어가 몇 개 있더군요."

세현이 슬쩍 지나가는 말투로 노인에게 말했다.

"아직 전부 확인한 것은 아니지만 다른 아티팩트에 사용된 주얼이나 코어도 많습니다. 남색이나 파란색 등급의 것들 말입니다. 물론 아무래도 남색 등급의 경우는 수가 좀 적긴 합니다만."

"그것 말고 원래 상태 그대로 있는 것 말입니다."

"아, 있지요. 남색의 에테르 주얼이 넷이 있고, 어디 보자, 파란색 에테르 주얼이……."

"파란색은 주얼이 아니라 코어가 필요합니다."

"아, 코어 말씀이군요. 지금까지 정리된 것으로는 세 개가 있군요. 코어로 보면 적지 않은 양입니다."

"그것들을 하나씩 제가 좀 썼으면 합니다만."

"그야 저에게 하실 말씀이 아닌 것 같습니다. 영웅 분들의 소유이니 영웅들께서 의논해서 쓰시면 될 일이지요."

"그야 그렇게들 말하기는 하지만 그래도 주인이 있을 텐데 그걸 저와 제 팀원들이 모두 가지는 것은 아무래도 염치없는 일이 아닌가 싶어서요."

"무슨 그런 말씀을!"

세현의 말에 포레스타 노인이 화들짝 불에 덴 것처럼 놀라며 목소리를 높였다.

"생명의 은인이십니다! 그런 분께 무엇을 못 드리겠습니까? 이곳에서 노예로 살던 이들에게 희망은 전혀 없었습니다. 희망이 있다면 차라리 빨리 죽는 것뿐이었는데, 그조차도 육체에 대한 제어를 할 수 없으니 헛된 바람일 뿐이었습니다. 그런 중에 영웅들께서 우리를 구원하신 겁니다. 사실 평생을 곁에서 모시며 수발을 들어도 모자랄 일이지요."

"아니, 그게……."

"도리어 저희들이 영웅들께 드리는 것이 모자랍니다. 사실 개인적으로 지니고 있던 것들 중에서 귀한 몇 가지를 포기한 것 말고는 영웅들께 우리가 해드리는 것이 아무것도 없는 셈이지요."

세현이 뭐라고 말을 하려 했지만 노인은 그 말을 끊으며 할 말을 마저 했다.

세현은 그런 노인의 태도에 계속해서 사양하는 것이 도리어 저들의 기분을 상하게 할 것 같다는 느낌을 받았다.

"알겠습니다. 그럼 일단 창고의 물건은 모두 저희 팀 미래로의 것으로 하겠습니다."

"허허허, 당연하지요. 아무렴요."

노인은 세현의 선언이 무척 마음에 든다는 듯 푸근한 미소를 지었다.

[음. 좋아, 좋아. 나도 좋아! 음음!]

'팥쥐'는 제가 원하던 것을 세현이 확보했다는 사실이 기분 좋은지 한껏 고양된 느낌을 세현에게 전했다.

'그래도 참아. 그것들 흡수하려면 시간이 걸릴 거 아냐? 이곳을 모두 정리하고 여유가 생길 때까지는 안 돼.'

[음? 음! 음?!]

'팥쥐'의 감정이 여러 가지로 복잡하게 전해졌다.

*   *   *

세현은 콩쥐의 능력을 이용해서 전직 여왕이 갇혀 있는 공동으로 이동했다.

'팥쥐'가 미니맵을 만드는 탐색 능력을 이용해서 탐색이 가능한 범위 안의 좌표를 설정할 수 있다는 것이 공간 이동을 가능하게 하는 열쇠가 되었다.

'팥쥐'가 좌표를 읽고 천공기 주얼에 좌표를 입력하면 콩쥐가 천공기를 작동시켜서 이동을 돕는 방식이다.

그 방식으로 세현은 팀 미래로를 여황의 공동으로 단체로 이동시킬 수 있었다.

"어떻게 되었지요?"

전직 여왕은 공동으로 찾아온 세현의 모습을 보며 담담하게 물었다.

세현은 그녀에게 밖에서 일어난 일을 자세하게 설명했다.

"결국 모두 죽고 말았군요."

여왕은 담담한 음성으로 말했지만 세현은 그 목소리에 숨겨진 떨림을 알아차렸다.

하지만 세현은 모르는 척했다.

"노예들이 모두 정신을 차릴 거라는 건 생각하지 못한 모양이지요?"

대신에 세현은 노예들에 대해서 물었다.

전직 여왕은 세현에게 여황이 죽을 때 노예들이 어떻게 될지는 이야기하지 않았던 것이다.

"그래요. 그건 정말 예상 밖이에요. 제 생각대로라면 여황이 노예들의 자살을 먼저 명령했어야 해요. 그랬다면 스페코머마들이 이렇게 빨리 모두 전멸하는 일은 벌어지지 않았겠죠."

"음? 자살 명령이라고요?"

"그래요. 어차피 여왕이 지배하고 있던 노예들이에요. 당연히 자살을 명령할 수 있지요. 그게 아니라면 아예 의식과 육체를 분리해서 죽지도 살지도 못하는 상태로 만들 수도 있고요."

"무섭군요."

"여황이란 그런 존재예요. 간단하지 않죠. 하지만 또 이번의 경우처럼 공격에는 무척 취약한 존재이기도 해요."

세현은 여황이 아니라 눈앞에 있는 전직 여왕이 무섭다는 생각을 말한 것이다.

노예들의 전멸이라는 속내를 숨기고 팀 미래로를 움직여서 여황을 죽이게 한 것이 아닌가.

"그렇군요. 자, 그럼 이제 어떻게 할까요? 스페코머마의 약탈 종족은 이제 당신만 남았는데 말입니다."

세현이 물었다.

"어쩔 건가요?"

전직 여왕은 도리어 세현에게 물었다.

"나는 당신을 돕지 않겠다고 분명하게 말했습니다. 그러니 이제 당신의 앞날은 당신이 알아서 해야겠지요."

세현이 그 질문에 답했지만 그의 목소리에는 온기가 없었다.

전직 여왕도 세현의 목소리에 흠칫 떨었다.

"이곳이 언제까지 안전할 거라고 생각합니까? 노예이던 이종족 중에는 여황과의 의식 연결로 이곳에 대한 것을 아는 이도 있을지 모릅니다."

세현은 그렇게 말하고는 입을 다물고 전직 여왕을 바라봤다.

전직 여왕은 그런 세현을 보며 불안한 눈동자로 공동 안을 살폈다.

"저, 저는 죽게 되겠군요."

그녀는 자신의 미래를 짐작하며 떨었다.

"나와 우리 팀이 당신을 돕지 않는다고 원망하지 말았으면 합니다. 당신이 생각한 대로 여황이 노예들을 처리하고 스페코머 마들이 분열되었다면 당신에게 기회가 있었을 테지만, 노예들이 모두 살아서 정신을 차린 상황이니 당신에겐 희망이 별로 없습니다."

세현은 가련하게 떨고 있는 전직 여왕의 모습에 별다른 동정심을 느끼지 못했다.

그녀가 세현 일행을 속였다는 사실부터가 마음에 들지 않았다.

여황을 공격하게 하면서 노예 모두가 죽을 거라는 예상을 밝히지 않은 것이 세현의 마음을 완전히 돌려 버렸다.

"제가 직접 당신을 공격하지는 않겠습니다. 하지만 노예이던 이종족을 막아줄 수는 없겠군요. 그럼 이만."

세현은 전직 여왕에게 다음에 보자거나 하는 말은 하지 않았다.

세현이 보는 미니 맵에는 전직 여왕이 있는 이곳 공동으로 다가오는 이종족들의 모습이 붉은 점으로 나타나 있었다.

그들은 무너진 통로가 아니라 밖에서 여닫을 수 있는 작은 통로를 통해서 다가오는 중이었다.

전직 여왕, 이제는 이곳 이면공간에 마지막으로 남은 스페코 머마의 약탈 종족이며 미래의 여황에게 희망은 전혀 없었다.

세현의 모습은 전직 여왕의 눈앞에서 사라지고, 전직 여왕만 홀로 공동에 남겨졌다.

순간 전직 여왕의 눈빛이 사납게 변했다.

"죽일 놈. 노예들 모두 정신을 차리게 만들다니, 도대체 어떻게 된 거지? 아니, 그전에 그 병신 같은 여황은 도대체 뭘 한 거야? 노예들을 모두 살려두다니."

이제 여황이 된 그녀는 그렇게 중얼거리다가 공동을 살폈다.

"뭐야? 벌써 오는 건가? 이런!"

여황은 그녀의 거처로 다가오는 이종족들의 기척을 감지했다.

조금씩 늘어나는 여황의 능력이 다른 의식을 가진 존재들을 쉽게 파악하게 해주는 것이다.

"이대로 죽을 수는 없어. 절대로!"

그녀는 서둘러 몸을 피할 방법을 찾았다.

그리고 그녀의 작은 침대 안으로 몸을 파묻었다.

그녀의 작은 몸은 초라한 침대 안에 충분히 들어갔고, 이어서 침대의 천을 이리저리 펄럭이자 그녀가 숨은 흔적이 전혀 남지 않았다.

공동을 벗어날 방법이 없는 그녀가 최후의 방법으로 몸을 숨길 곳을 만들어놓은 것이다.

이제 그녀의 침대에 누가 앉거나 올라가서 뛰더라도 그녀의 몸에 맞게 만들어진 공간에 끼어 있는 그녀 때문에 위화감을 느끼는 이는 없을 것이다.

그만큼 신경 써서 만들어놓은 피난처였다.

[음. 살려두는 거야? 음?]

'팥쥐'가 불퉁한 음성으로 세현에게 물었다.

'팥쥐'는 햄스터의 모습으로 세현의 어깨 위에 올라와 있었다.

"살려두는 것이 아니지. 내가 죽이지 않을 뿐이야."

[음. 하지만 잘 숨으면? 숨어서 못 찾으면? 봐봐, 못 찾고 있잖아.]

'팥쥐'는 미니맵으로 보이는 모습을 손가락질했다.

미니맵에는 공동 안으로 들어간 이종족들이 빨간 점으로 보이고 전직 여왕은 녹색으로 보였다.

그런데 서로 겹칠 정도로 가까이 있는 그들이지만 결국 전직 여왕을 찾아내지 못하는 듯 여전히 녹색 점은 선명하게 살아 있었다.

"빠져나갈 곳이 없는 공간이잖아. 밖에서 무슨 일이 생겨서 모두들 급하게 나가지 않는 이상 저 안에 숨어 있는 그녀가 끝까지 버틸 수는 없어. 저 공동 안에 그녀가 있다는 사실을 모두 알고 있어. 그러니까 포기하지 않고 찾을 거야. 아마도 그녀에 겐 들킬 때까지의 시간이 도리어 지옥 같은 시간일 거야."

[음? 그런 거야? 세현, 무서운 면이 있어. 나, 알았어. 음음.]

"그래도 내 사람들에겐 안 그러잖아. 형 때문에 사람들을 믿지 못하게 되긴 했지만 그래도 세상을 혼자 살 수 없다는 건 알고 있어. 그래서 나도 내 사람이라고 생각하는 사람에겐 최선을 다하려고 해."

[음음. 그런 나도 세현의 사람이야? 음?]

"그야 당연하지."

[······.]

"그래, 그래. 콩쥐도!"

[너, 혼나!! 음?!]

Chapter 5

스페코머마의 이면공간을 새로운 거점으로 삼다

스페코머마의 마지막 여황은 결국 세현의 미니맵 속에서 사라지는 것으로 그 끝을 맺었다.

세현은 누가 어떻게 그녀를 찾아서 죽였는지 궁금해하지 않았다.

처음부터 적으로 만났지만 얼굴을 마주하고 제법 대화를 나눈 상대의 죽음을 기꺼워할 수도 없으니 그저 관심을 두지 않으려 애쓸 뿐이다.

그렇게 스페코머마 필드가 전직 여왕을 마지막으로 깔끔하게 정리되고 나자 세현은 스페코머마 필드를 미래 길드의 두 번째 거점으로 삼기로 했다.

미래 필드는 현실과 연계된 거점으로 쓰고 스페코머마의 이면공간은 이면공간 탐험을 위한 전초기지 정도로 사용할 생각이다.

"분쟁 지역 때문이라고?"

재한이 세현이 스페코머마 필드를 전초기지로 쓰겠다는 결정을 내린 것을 듣고 그렇게 물었다.

"그래. 스페코머마 이면공간에서 분쟁 지역까지 세 곳의 이면공간을 지나면 된다고 하더군. 거기다가 분쟁 지역으로 갈 때까지 거쳐야 할 이면공간은 그런대로 정리가 잘 되어 있다고 하고."

"정리가 되어 있다고? 분쟁 지역에 가까운데?"

"그러니까 더더욱 후방 단속을 잘했다는 거지. 괜히 어설프게 에테르 기반 생명체들이 날뛰게 했다가는 뒤통수 맞을 수도 있으니까."

"아, 이해가 되네. 그래서 넌?"

"내가 뭐?"

"분쟁 지역에 팀 미래로를 데리고 들어갈 생각이냐고 묻는 거지 뭐겠어?"

재한이 일부러 모르는 척하지 말라는 표정으로 물었다.

"생각을 해봤어."

"음? 생각?"

"우리 형 말이야."

세현은 그의 형인 진강현에 대한 이야기를 꺼냈다.

재한은 세현의 형이란 말에 슬쩍 자세를 바로 했다.

진강현 천공기사는 일반인은 몰라도 천공기사들에겐 우상이나 다름없었다.

"그분이 왜?"

"형은 알고 있지 않았을까? 지구에 몬스터들이 등장하게 될 것을 말이야."

"그야 뭐 알긴 했겠지. 크리스마스의 배반 때문에 시기가 앞당겨지기는 했지만 언젠가는 몬스터들이 지구에 나타나는 것은 정해진 거였잖아."

"그래, 그걸 형도 알고 있었을 거야. 거기다가 언젠가는 크리스마스의 그 실험이 벌어질 것도 예상했겠지? 형이 자료를 가지고 잠적했다고 모든 일이 끝나는 것은 아닐 테니까."

"그랬을 수도 있고 아닐 수도 있겠지만, 그래서?"

"그런 상황에서 분쟁 지역에 대한 것을 알게 되었다면 형은 반드시 그곳으로 갔을 것 같거든."

"그분이 분쟁 지역으로? 뭘 위해서?"

재한은 진강현이 분쟁 지역으로 들어갈 만한 이유가 있을지에 대해 생각하는 모양인지 살짝 인상을 찌푸렸다.

"관리자와 만날 수 있는 자격을 얻기 위해서."

하지만 세현은 재한이 생각하고 있을 틈을 주지 않고 말했다.

"아, 그래, 그게 있었지? 그래서 그분이 만약에 지구가 어려운 상황이 되면 도움을 요청하기 위해 분쟁 지역에서 열심히 공을 세우고 있을 거란 말이야?"

"공을 세우고 있을지 어떨지는 모르지만 일단 분쟁 지역으로 가긴 했을 것 같아. 거기서 오래 머무르진 않더라도 분명 한 번은 들르지 않았을까 싶어."

"아, 그건 나도 동감이다. 분쟁 지역에 대해서 알게 되었다면 한 번은 반드시 들렀을 거야. 뭐, 공을 세워서 관리자를 만나겠다는 목표가 없어도 말이지."

재한은 세현의 생각에 일정 부분 동의했다.

자신이라도 분쟁 지역이란 곳에 대해서 알게 되자 한 번은 가보고 싶다는 생각이 들었는데, 진강현 천공기사라고 다를까 싶었던 것이다.

거기다가 지구를 떠나서 잠적한 상황에서 달리 할 일이 있는 것도 아니라면 충분히 그랬을 것 같았다.

"그래서 나도 분쟁 지역으로 들어가 볼 생각이야. 가서 형을 만나든지, 아니면 형에 대한 소식을 알아보든지 해야지."

"그나마 그게 그분 소식을 알 수 있는 가능성이 높긴 하네. 그런데 노예로 있던 이종족 중에서 그분에 대해서 아는 사람은 없었어?"

"없더라. 워낙 오래전부터 잡혀 있는 이들이 많았어. 스페코머마 제국의 노예 중에서 최근 몇 년 사이에 잡힌 이들은 그렇게 많은 수가 아니었거든."

"아, 노예는 많았는데 그게 차곡차곡 쌓인 거라서 진강현 그분에 대한 소식을 알 만한 이는 별로 없었다는 거구나?"

"그래. 그래도 희망적인 건 가장 최근에 분쟁 지역에 다녀왔다는 이종족이 분쟁 지역에서 지구 출신 종족이 활약했다는 이야기를 들었다고 했다는 거지."

"음? 지구 출신 종족의 활약? 그럼 그건 진강현 천공기사 그분 아냐?"

재한이 급격히 흥분한 목소리로 물었다.

하지만 세현의 고개는 좌우로 흔들리고 있었다.

"아니. 그 지구 출신은 여자라고 하더라고. 그러니 형은 아니야."

"여자? 아니, 여자 천공기사가 어떻게 분쟁 지역에 있어? 그게 말이 되냐? 지금도 너 말고는 이면공간을 자유롭게 오가는 천공기사가 없는 걸로 아는데?"

재한이 이해할 수 없다는 표정으로 말했다.

"그래, 그렇긴 하지만 어디나 숨어 있는 고수들은 있게 마련이잖아. 어디선가 이면공간 통행증을 얻은 천공기사가 분쟁 지역까지 도달했다고 해서 이상할 것은 없지. 어쨌건 중요한 것은 분쟁 지역에 지구 출신이 있다는 거니까."

"흠. 그래, 그렇게 생각하면 좋은 소식이라고 할 수도 있겠네. 참, 그런데 이번에 얻은 그 물건들 말이야."

"스페코머마의 잡동사니?"

"푸하하하! 그걸 잡동사니라고 누가 이름 붙인 거냐? 지금 그것 때문에 대한민국, 아니, 지구 전체가 난리도 아닌데."

"그만 한 아티팩트가 흔하지는 않지."

세현도 짐작이 간다는 듯이 고개를 끄덕였다.

우선 스페코머마의 잡동사니의 양은 엄청났다.

그것들을 모두 미래 필드로 옮기는 데에도 엄청난 수고가 필요했다.

덕분에 콩쥐는 새로 초록색 코어까지 흡수해서 기량을 늘렸다.

물론 그런 콩쥐를 제어할 '팥쥐'는 남색 등급의 에테르 주얼을 흡수하고 거기에 더해서 파란색 등급의 코어까지 흡수했다.

그렇게 해야 콩쥐의 반항을 잠재울 수 있다고 바득바득 우겨서 세현에게서 주얼과 코어를 얻어낸 것이다.

어쨌건 콩쥐는 초록색 코어를 흡수하고 한꺼번에 이동시킬 수 있는 부피와 무게가 크게 늘었다.

그럼에도 불구하고 스페코머마의 잡동사니를 모두 미래 필드로 옮기는 데에는 많은 시간이 필요했지만.

"덕분에 에테르 공학자들이 아주 신이 났다. 그만한 샘플이 있으니 연구에 큰 도움이 된다는 거지."

"어차피 지구에서 에테르가 사라지지 않는 이상은 전자기력만을 사용해서 문명을 지키는 것은 어려운 일이잖아. 다른 이종족처럼 에테르를 이용한 마법이나 아티팩트 쪽으로 시선을 돌려야지."

"그래, 그 말이 맞아. 그러니 이번에 들어온 잡동사니가 지구 전체를 들끓게 만드는 거지. 이면공간에 있는 수많은 종족의 고급 아티팩트가 한자리에 모여 있는 거 아니냐. 정말 내가 수박 겉핥기로 살펴봐도 엄청난 것들이 많더라. 재미있는 것도 많고."

"관리 잘해. 아무 데나 내돌리지 말고."

세현이 재한에게 살짝 굳은 목소리로 말했다.

잡동사니 중에는 꽤나 위험한 것도 있었다.

본래 그것을 사용하던 이종족에겐 아무런 문제가 없었을지 모르지만, 지구의 인간이 사용할 때 부작용이 나타나는 경우가 심심찮게 있었기 때문이다.

특히 정신방어력이 강한 이종족이 사용하는 아티팩트일수록 정신적인 충격을 크게 받는 경우가 많았다.

그게 아니어도 아티팩트의 수준이 너무 높아서 위험한 것들이 있었다.

세현은 잡동사니에 등급을 정하고 S등급 이상은 반출을 금했다. 사실상 그 모든 것이 미래 길드, 그중에서도 팀 미래로의 것이라고 봐야 하기 때문에 재한이나 나비, 종국 등의 고문들도 간섭하기 어려웠다.

그나마 그 아래 단계의 물건들은 미래 길드를 통해서 외부로 내보냈고, 그것을 이용해서 미래 길드는 대한민국은 물론이고 세계적인 명성을 얻고 있었다.

덕분에 미래 길드의 세력은 나날이 강해지고 있었다.

거기에 재한은 진강현의 동생 진세현이 미래 길드의 마스터임을 대대적으로 알려서 두 형제가 지구 인류에게 얼마나 큰 공헌을 하고 있는가를 되새기게 만들었다.

고재한이 나름대로 진강현의 명예를 되찾아주기 위해 애를 쓰고 있는 한 단면이다.

"걱정하지 마라. 일단 꼬리표 보고 위험하지 않은 것들만 반출하고, 그것도 우리 미래 연구소에서 1차적으로 살펴본 다음 밖으로 유통시키고 있다. 염려할 필요 없다."

"그럼 다행이지만 욕심 많은 것들이 언제까지 가만있을 것 같지는 않아서 말이지."

세현은 이면공간의 발견 이후로 그 분야에서는 제일 앞서 있던 대한민국이 결국은 힘 있는 몇몇 나라의 간섭에 시달리던 사실을 잊지 않고 있었다.

거기다가 아닌 듯해도 대한민국에는 여전히 그 나라의 종노릇을 하는 이들이 많았다.

"그렇기는 하지만 지금은 그래도 그놈들이 힘을 쓰기 쉽지 않은 상황이잖아. 전 세계가 몬스터에게 시달리고 있는데 우리와 싸우긴 어렵지."

"그래서 더 문제란 거다. 그놈들이 흔히 쓰는 수법이 그거잖아. 모두를 위해서 희생해라, 뭐 그런 거."

"그렇긴 하지만 우릴 건들긴 어려울 거다. 지금 미래 길드와 관련 있는 사람들은 조금씩 이면공간으로 이동시키고 있으니까 말이야."

재한은 외부의 압력을 피하기 위해서 직원들의 가족을 이면공간으로 이주시키는 작업을 하고 있었다.

물론 원하는 이들만 받아들이는 것이지만, 일반인도 이면공간에 오래 머물면 각성을 통한 에테르 사용자가 되기 쉽다고 알려져서 신청자는 넘쳐났다.

"미래 필드가 좁지 않냐?"

"좁긴 무슨, 카피로 필드도 있잖아. 그 외에도 네가 찾아낸 필드가 하나둘이냐? 뭐 당장 그렇게 분산시킬 정도로 인원이 많은 것도 아니지만."

"아직 크라딧과 접촉은 없었지?"

세현이 물었다.

사실상 현실에서 미래 필드를 공략하는 것은 쉽지 않았다.

미래 필드로 들어올 수 있는 입구가 무척 좁기 때문에 그곳만 지키면 방어는 크게 어렵지 않았다.

하지만 이면공간 통로를 이용한 공격은 신경이 쓰였다.

특히 크라딧과는 점점 마찰이 심해지고 있는 상황이다.

크라딧은 이면공간에서 지구의 세력을 몰아내려 했고, 당연히 지구 인류는 주요 이면공간을 중심으로 방어전을 펼치고 있었다.

사실 방어전을 펼칠 수밖에 없는 이유가 그들에게 이면공간 통행증이 별로 없기 때문이다.

이면공간 통로를 지나다니기 위한 기본 조건을 충족하지 못하니 필드를 지키며 방어밖에 할 수가 없었다.

그러니 크라딧들은 위험하면 통로를 통해서 도망을 가고, 또 전열을 가다듬어 침략하는 행태를 이어갔다.

물론 한번 드러난 통로는 곧바로 막혔지만, 새로 생기는 통로를 통해서 침략하는 크라딧의 공격은 막기가 쉽지 않았다.

이면공간 통행증이 없으면 이면공간 통로조차도 찾을 수가 없으니 번번이 당할 수밖에 없는 것이다.

"아직은 우리가 관리하는 이면공간에서 그들의 모습을 본 적은 없다. 참, 크라딧 하니까 생각이 났는데, 그 이면공간 통행증 말이다."

"그게 왜?"

"요청이 많아서 어떻게 할까 고민이다."

"달라는 곳이 많긴 하겠지. 일단 각 길드마다 방어하고 있는 이면공간의 수를 파악해서 그 숫자에 맞춰서 통행증을 팔아. 그게 있어야 그나마 이면공간 통로를 찾아서 방어할 수 있을 테니까."

"공짜로 주란 소리는 안 하네? 이번에 가져온 통행증이 어마어마하던데?"

"그래봐야 천 개를 조금 넘는 수준이야. 스페코머마 놈들이 쓸모가 없다고 폐기한 것도 제법 되더라고."

세현은 스페코머마 일족이 갈아 버린 통행증을 떠올리며 인상을 찌푸렸다.

그들에게 쓸모없는 것들이 모여 자리를 많이 차지하게 되면서 버려지거나 파괴되는 것들이 많다고 들은 것이다.

"그 정도면 많은 거 아닌가?"

"크라딧 놈들을 생각해. 그놈들은 천공기가 모두 통행증이 되었다고. 그러니 떼를 지어 다니면서 못된 짓을 하지."

"그래봐야 천공기가 없는 일반 헌터들은 통행증이 없으면 이동을 못하잖아."

"그게 또 이상하잖아. 그런데도 이면공간에서 각성한 사람들이 꽤나 많이 돌아다녀. 이면공간 통로를 따라서 말이야."

"그쪽도 어디선가 통행증을 얻을 방법이 있다는 거겠지."

"그래. 어쩌면 그게 분쟁 지역일 수도 있고."

세현은 재한의 말이 그렇게 대꾸했다.

다수의 통행증을 구할 수 있는 곳으로 세현의 뇌리를 스치는 것은 분쟁 지역이었다.

크라딧이 그곳에서 전투를 벌이며 아티팩트나 통행증 따위를 수급하고 있을 거란 생각이 들었다.

"그건 꼭 확인해 봐야 할 문제긴 하겠다."

재한도 세현의 말에 일리가 있다고 여겼는지 표정이 심각하게 변했다.

분쟁 지역으로 향하다

분쟁 지역에 가까운 이면공간일수록 에테르 기반 생명체의 분포 비율은 급격하게 떨어졌다.

전장의 후방을 안전하게 만든다는 것은 기본적인 지침이었다.

그에 따라서 분쟁 지역과 통하는 이면공간과 그 이면공간과 연결된 이면공간들까지 깨끗하게 정리를 해두는 것이라고 했다.

"그건 저쪽도 마찬가지지요. 그들 역시 그들이 차지한 지역의 이면공간을 깨끗하게 청소합니다. 이성을 지닌 종족은 남겨두지 않지요. 그래서 분쟁 지역에서 일정 구역을 확보하고 나면 그 지역과 연결된 이면공간을 정리해야 합니다. 그 때문에 분쟁 지역의 싸움은 쉽게 결판이 나지 않습니다."

"이면공간까지라고 하면 빨간색 등급부터 보라색 등급까지 모두 포함되는 것 아닙니까?"

"그렇지요. 분쟁 지역에서 일정 구역이라고 하는 것은 대체로 빨간색 등급의 이면공간으로 통하는 지역을 말합니다. 그런 정도는 하루에도 수십 개씩을 빼앗고 또 빼앗기고 하는 거지요. 그러면서도 계속해서 조금씩 우세를 점하다 보면 주황색 등급의 이면공간으로 들어가는 구역 전체를 확보할 수도 있게 되는 거고 말입니다."

"그럼 핀 포인트 진입을 하는 이면공간들은 어떻게 되는 겁니까, 메콰스?"

세현이 포레스타 노인에게 물었다.

포레스타 노인은 다른 해방 노예 이종족들이 제 갈 길을 찾아 떠난 후에도 스페코머마 필드에 남아서 세현의 조언자 노릇을 하고 있었다.

"그런 경우에 그곳이 보통 접전 지역이 되는 경우가 많지요. 사실상 이면공간에 대한 공략은 통로의 연결이 제대로 되어 있지 않으면 곤란하니까 입구를 지키는 것이 무엇보다 중요하지요."

"통로가 연결되지 않으면 곤란하다는 말은 무슨 말입니까?"

"그야 이면공간 통로가 발견되면 무조건 통로를 파괴하는 것이 기본이니까요. 이면공간 통로를 통해서 적을 치는 것은 거의 불가능하지요. 무조건 발견 즉시 파괴를 기본 방침으로 삼고 있지요. 그건 양쪽 모두 같습니다."

"이동 통로를 파괴하는 것이 쉽습니까?"

세현은 이면공간 통로를 막는 법만 알지, 아직 이면공간 통로를 파괴하는 방법을 모르고 있었다.

그런데 분쟁 지역에서는 그것이 보편적이라고 하면 그 방법을 배우는 것이 어려운 일은 아닐 것 같았다.

"분쟁 지역 이외의 지역에선 거의 쓸 일이 없어서 그렇지, 통로를 파괴하는 것은 그리 어려운 일이 아닙니다. 아, 그러고 보니 지구의 배신자들과 지구 인종 사이에 분쟁이 있다고 했지요? 그래서 이면공간에서 싸움을 벌인다고 했으니 그 방법이 필요하긴 하겠군요."

메콰스 노인은 지구의 상황을 기억하곤 짐작이 간다는 듯이 말했다.

"생각해 보니 아무래도 그 크라딧 놈들이 분쟁 지역에 있는 것이 분명한 모양입니다. 그들이 이면공간 통로를 이용할 수 있는 통행증을 다수 가지고 있는 것이나 이면공간 통로를 파괴하는 것을 보아하니 확실한 것 같습니다."

"흠, 그렇습니까? 하지만 조심하셔야 합니다. 분쟁 지역에서 같은 편끼리 싸우는 것은 절대적으로 금지되어 있습니다."

"그러니까 에테르 기반 생명체가 아닌 이들끼리 다퉈서는 안 된다는 말이군요?"

"그렇지요. 물론 어떻게든 원한을 가진 이들은 서로를 해치려고 수를 쓰긴 하지요. 직접적인 방법만 아니라면 관리자도 참견하지 않으니까요."

"직접적인 방법이 아니라면 가능하다? 남의 손을 빌려서 어떻게 하란 소리로 들리네요. 그것도 몬스터를 이용해서 말입니다."

"그게 분쟁 지역에선 제일 흔한 방법이지요. 고전적인 수법이지만 그보다 나은 방법은 없고 말입니다. 어쨌거나 분쟁 지역 안에서 아군을 공격하는 것은 어떤 경우에도 허용이 되지 않으니까 다른 방법을 찾는 거지요."

메콰스 노인은 세현을 보며 슬쩍 웃음을 보였다.

"위험하겠군요, 초보자들은."

하지만 세현은 자신보다 분쟁 지역에 먼저 적응한 이들이 훨씬 유리할 거란 사실을 충분히 짐작할 수 있었다.

"그래도 팀 미래로의 인원을 50명 이상으로 증원한 것은 좋은 선택입니다. 적어도 기본적인 독립 단체로 인정을 받을 인원은 되니까 말입니다."

"메콰스가 조언을 해줬기 때문에 그렇게 한 건데, 그리 말씀하시면……."

"허허허, 자화자찬이지요. 허허."

"아무튼 입구가 좁은 대신에 등급이 높은 이면공간을 가지고 있는 지역이 중요한 곳이란 말이군요?"

"그렇습니다. 그런데 그게 또 재미있는 것이 분쟁 지역에서 파란색 등급이나 남색 등급의 이면공간은 대부분 그 핀 포인트라고 하는, 그러니까 들어가는 입구 지역이 좁은 곳이 많습니다."

"당연히 그 지역을 차지하기 위해서 피 터지는 싸움을 하겠군요?"

"허허허. 그렇지요. 그런 거지요."

"그런데 말입니다."

세현이 정색을 하며 메콰스를 쳐다봤다.

"무슨 하실 말씀이 있으십니까? 거리낌 없이 하십시오."

메콰스 노인이 말문을 쉽게 열지 못하는 세현에게 넉넉한 웃음을 보이며 말했다.

"듣자니 에테르 기반 생명체 중에서도 이성을 지닌 것들이 있다고 들었는데 사실입니까?"

"어디서 들으셨는지 몰라도 사실입니다. 그야 당연한 일이 아니겠습니까? 에테르 기반 생명체들은 우리와 오랜 세월을 싸워 오고 있습니다. 그런데 그것이 그저 본능에 의한 것으로만 가능하겠습니까?"

"결국 그렇다는 말이군요."

세현은 노예이던 이종족들에게 많은 이야기를 들었다.

그중에서 에테르 기반 생명체 중에 서로 대화가 가능한 이들이 있다는 소리를 들었을 때 얼마나 놀랐는지 모른다.

"이성이 있다는 것은 달리 이야기하면 협상이 가능하다는 말이기도 하지 않습니까. 그렇다면 굳이 끝도 없는 전쟁을 계속해야 할 이유가 있습니까?"

세현은 이성적인 존재라면 당연히 평화를 위한 시도를 했어야 하는 것이 아닌가 하는 생각에 메콰스에게 물었다.

"그에 대해선 저도 잘 모르겠습니다. 하지만 분명한 것은 우리와 에테르 기반 생명체는 그 근본이 다르다는 것입니다. 그들은 에테르로 이루어진 세상을 원하고 우리는 아니지요."

"하지만 우리는 에테르가 어느 정도 있어도 생존에 문제가 없지 않습니까. 그리고 에테르 기반 생명체들 역시 그런 환경에서 잘사는 것 같습니다만."

"그렇지요. 그런데도 함께 어울려 사는 것은 어려운가 봅니다. 허허. 그 이유에 대해선 나중에 영웅께서 알아보십시오. 저도 모르겠으니 말입니다."

메콰스는 그렇게 대화에서 발을 뺐다.

"분쟁 지역, 으음, 새로운 행성이란 말이지요?"

"그렇습니다. 그나마 다행인 것은 그곳이 일반적인 환경을 가지고 있다는 것이지요. 특정 환경이라면 지구 인종이 살 수 없을 수도 있는데 그건 아니니 말입니다."

"네, 그건 그렇지요. 지구 인류가 생존에 위험한 자연 환경은 아니라니 다행이긴 합니다."

세현도 메콰스의 의견에 동감을 표했다.

따지고 보면 분쟁 지역이라고 하는 곳은 이면공간을 통해서 도착하게 되는 외계 행성인 셈이다.

세현은 그걸 깨닫고 꽤나 큰 충격을 받았다.

이면공간을 몇 번 거쳤더니 실제 우주 어디에 있는지도 모르는 외계 행성에 도착하게 되는 것이 아닌가.

세현은 그걸 깨닫고는 우주선 따위를 만드는 것은 정말 어리석은 일이라는 생각을 할 수밖에 없었다.

우주선처럼 거창한 도구의 도움 없이 발로 걸어서 이면공간 몇을 거치면 외계 행성에 닿게 되다니 얼마나 놀라운가.

애초에 이면공간의 이종족들이 모두 외계인이란 사실을 새삼 깨닫게 된 세현이다.

*　　　*　　　*

"존슨이 아메리카 조의 조장, 주영휘가 아시아 조의 조장, 란탈로가 유럽 조의 조장, 압둘라가 아프리카, 중동 조의 조장, 박현필 씨가 팀 미래로의 조장입니다. 각 조는 열 명씩으로 구성되어 있고, 팀 미래로는 나와 호올, 메콰스를 포함해서 열여덟 명입니다. 그중에 나를 포함한 여덟 명은 따로 본대로 구별하고 나머지 열 명을 팀 미래로의 팀원으로 합니다."

세현이 분쟁 지역으로 들어갈 인원을 마지막으로 점검하며 말했다.

원래는 어떻게든 미래 길드의 인원으로만 50명을 채워서 독립 부대를 편성할 생각이었다.

그런데 분쟁 지역에 대한 이야기가 널리 퍼지면서 외부에서 함께하고 싶다는 요청이 쇄도했다.

세현은 처음에는 그들을 무시하고 그냥 미래 길드만으로 일을 추진하려고 했다.

그런데 문제는 분쟁 지역으로 가는 이면공간 통로 지도를 공개해도 다른 이들은 분쟁 지역에 갈 수가 없다는 것이었다.

분쟁 지역으로 가는 첫 시작점이 다름 아닌 몰트 필드였기 때문이다.

몰트 필드는 팀 미래로가 미래 필드의 남쪽 곤충 필드를 정리하다가 코어를 박살내는 바람에 우연히 떨어지게 된 이면공간이었다.

그 때문에 지구의 이면공간에서 분쟁 지역으로 연결되는 길을 아직 개척하지 못한 상황인 것이다.

그러니 지구의 천공기사들이 아무리 분쟁 지역으로 가려고 해도 그 길을 알 수가 없으니 방법이 없었다.

세현에게 기대어 이동하는 방법 이외에는 수가 없으니 전 세계의 압력이 미래 길드로 쏟아지는 것은 당연했다.

분쟁 지역은 위험한 곳이기는 하지만 반대로 그만한 대가를 얻을 수 있는 매력이 있는 곳으로 알려졌다.

분쟁 지역에서 천공기나 이면공간 통행증 따위를 쉽게 얻을 수 있다는 말은 미래 길드에서 나왔다.

더구나 크라딧들이 그곳에서 활동하고 있을 것이란 추측 역시 미래 길드에서 나온 것이다.

결국 세현이 자기 무덤을 판 격이라 할 수 있었다.

크라딧들이 앞서가는 상황에 미래 길드만의 욕심을 채우려 한다는 원성이 높아지니 세현으로서도 어쩔 수 없이 분쟁 지역으로 가는 부대 편성에 다른 길드원들을 포함할 수밖에 없었다.

그래서 아메리카 대륙에서에서 열 명, 유럽에서 열 명, 아프리카와 중동에서 열 명, 아시아에서 열 명을 뽑으라고 해서 부대를 편성하게 된 것이다.

그 열 명을 뽑기 위해서 전 세계가 들썩인 것은 세현이 알 바 아니었다.

어쨌거나 실력 있는 천공기사를 뽑아서 보낸 것이니 전력이 크게 늘어난 것은 좋은 일이었다.

그렇게 40명의 천공기사에 팀 미래로를 정비해서 열여덟 명으로 증원했다.

세현과 호올, 메콰스, 거기에 다섯 명의 천공기사를 묶어 여덟 명이 본대의 역할을 하고, 팀 미래로는 현필이 맡아서 열 명으로 하나의 팀이 되었다.

"부대 명칭은 이미 정해진 그대로 어스 부대로 합니다. 모두 지구인으로서 자긍심을 가지고 부끄럽지 않은 모습을 보이길 바랍니다."

세현이 대원들을 하나하나 쳐다보며 말했다.

백인, 흑인, 황인 등 갖가지 인종이 모두 모여 있다.

"당신들이 지구를 대표한다는 것을 잊지 맙시다. 자, 그럼 갑시다."

세현이 일행을 이끌고 움직이기 시작했다.

그의 곁으로 호올과 메콰스가 따라붙었고, 나머지 부대원들이 어깨를 펴고 뒤따랐다.

분쟁 지역으로 가는 것은 다른 행성으로 들어가는 것이다.

그런데 지구의 천공기사들이 지닌 천공기는 이면공간에서 지구로 갈 수는 있어도 이면공간에서 다른 행성으로 갈 수는 없었다.

그것은 이면공간의 주민인 이종족들 역시 마찬가지였다.

그들 역시 이면공간 통로를 통해서 이면공간을 건너다니는 것은 가능하지만 다른 행성으로 나갈 수는 없다.

그렇기 때문에 분쟁 지역과 직접적으로 이어진 이면공간에는 분쟁 지역으로 들어갈 수 있는 관문이 있었다.

관리자에 의해서 유지된다고 하는 그곳은 마치 신전처럼 생긴 건물이었는데, 건물 중앙에 원형의 공간이 있고 그곳에 일행이 서서 올라서자 메시지가 전해졌다.

―분쟁 지역으로 이동하시겠습니까?

여기에서 모두가 그렇다고 동의하면 다시 한 번 같은 질문을 하고, 역시 이견이 없으면 분쟁 지역에 속한 행성으로 이동된다.

물론 가기 싫다고 생각하는 이들이 있다면 그 일행은 이동이 취소되고 그에 합당한 메시지가 전해진다.

신전, 혹은 관문이라 불리는 그곳에는 오직 메시지만 떠오를 뿐 사람의 모습은 보이지 않았다.

'무인 관리 시스템이냐?'

세현은 물론이고 대부분의 지구인이 그런 생각을 떠올렸다.

그래도 다행히 분쟁 지역으로 가지 않겠다는 사람은 없어 일행 모두가 빛에 휘감기며 신전의 중앙 홀에서 모습을 감췄다.

분쟁 지역에 도착하다!

"뭐야? 신입이야?"

"신입치고는 규모가 있는데? 독립부대 수준이잖아?"

"어디 출신인 거야?"

"겉모습만 봐서 알 수가 있나? 비슷하게 생긴 놈들이 한둘이 아닌데 말이야."

"그래도 기본형에 가까운데? 거의 원형이라고 할까?"

"요즘은 그런 종족들이 너무 많아. 생긴 걸로 구별하는 건 그다지 의미가 없지. 어이, 너희, 어디서 왔냐?"

"아직 정신없을걸. 처음 이곳 투바투보에 도착하면 다들 그렇잖아."

"그래도 저놈은 좀 나은데? 대장인가? 어, 곁에 있는 건 포레스타 종족 아냐?"

"그런데? 그 곁에 있는 것도 좀 이상한 느낌인데?"

"한 종족으로만 구성된 게 아닌 건가?"

"그러게? 야야, 저놈, 우릴 노려본다. 크크크."

세현은 자신들을 무슨 구경거리처럼 바라보며 떠들고 있는 한 무리의 이종족을 보며 인상을 찌푸렸다.

검과 방패, 창과 도끼, 활과 단검, 쇠스랑과 메이지 등등 그들이 가지고 있는 무기의 종류는 그들의 생김새만큼이나 다양했다.

동물의 모습을 일부 지니고 있는 수인(獸人) 몇도 각각 바탕이 되는 동물들이 달라서 개나 고양이, 곰과 너구리의 모습을 하고 있는 개체도 있었다.

거기에 팔이 넷인 종족, 손가락이 셋, 넷, 여섯인 종족, 발에 발굽이 있거나 등에 날개가 있는 종족도 있었다.

등에 날개가 달린 종족도 잠자리 날개, 나비 날개, 박쥐나 새의 날개 등등 제각각이었는데, 그런 이들이 많으면 대여섯, 적으면 두엇 정도가 패를 짓고 있었다.

어스 부대가 도착한 곳은 꽤나 큰 광장이었는데, 그 광장을 빙 둘러서 다양한 이종족이 자리를 잡고 있었다.

'그래도 공통점은 있군.'

세현은 이종족들을 보며 생각했다.

'저들은 닳고 닳은 싸움꾼들이다.'

세현이 발견한 공통점은 그것이었다.

그들이 지니고 있는 무기는 물론이고 입고 있는 갑옷까지 흠 하나 없이 말끔한 것이 없었다.

숱한 싸움의 흔적이 그들의 몸 여기저기에 새겨져 있었다.

심지어는 무기나 갑옷을 넘어서 몸뚱이 여기저기에도 크고 작은 흉터가 가득했다.

"운도 없이 하필이면 여기로 와."

"그러게. 개미 무덤에 들어온 개미가 되다니 불쌍하군."

"버틸 수 있을까?"

"젠장, 그래도 좀 버텨줘야 하는데 말이지. 이놈의 시스템은 어떻게 된 게 참전자들을 무작위로 배치한단 말이지. 좀 상황이 좋지 않은 곳에 실력 있는 이들을 모아주는 배려 정도는 해야 하는 거 아냐?"

"바랄 걸 바라야지."

"진작 포기한 일을 왜 또 꺼내? 머리가 나쁜 거야?"

"새대가리라 그런 건 아냐. 그저 저놈만 머리가 모자란 거지."

"죽고 싶냐?"

또다시 웅성거리는 소리가 들리기 시작했지만 세현은 그들에게 더는 관심을 두지 않았다.

대신에 어스 부대의 대원들의 상태를 돌아보며 하나씩 앙켑스를 걸어주었다.

"으윽, 뭐가 이렇게 찌뿌드드하고 삐걱거리냐?"

"천공기로 이동하는 것과는 전혀 다르군. 몸이 완전히 해체되었다가 다시 뭉친 것 같은 느낌이었어."

"모두 같은 느낌인 모양이군. 후우, 그래도 이건 좀 좋은데?"

"마스터의 앙켑스다. 아군을 회복시키고 몬스터의 에테르 스킨을 무력하게 만드는 최고의 스킬이지."

"뭐, 이야긴 들었지. 대한민국에서 이면공간 공략할 때 엄청 난 활약을 했다고 말이야."

존슨이 현필의 말에 알은척을 하고 나섰다.

"유명하긴 했지. 전투 효율이 엄청나게 상승한다고 했지."

아시아 조의 조장인 주영휘 역시 세현의 앙켑스를 알고 있다 는 듯이 대꾸했다.

하지만 아프리카 중동 쪽의 압둘라는 처음 듣는 소리란 듯 이 눈빛을 빛내며 세현을 보고 있다.

"정신들 차렸으면 정렬해라. 여기가 우리가 싸워야 할 분쟁 지역이다. 일단 광장을 벗어나서 정보 획득을 시작한다."

세현이 어스 부대를 지휘하기 시작했다.

어스 부대원들은 세현의 지휘에 따라서 일사불란하게 광장 을 벗어나기 시작했다.

"워워, 제법 각이 나오는데?"

"그러게. 일단 내분 같은 건 없어 보이네. 그럼 다음은 실력을 봐야 하는데 말이지."

"공을 세우기 위해서 왔다면 알아서들 움직이겠지."

"그나저나 저놈들에 대해서 아무도 모르는 거야? 우리 중에 서 아는 놈들이 없어?"

"어디 변방의 미개 행성에서 온 거 아냐?"

"그러기엔 부대 단위로 온 것이 좀 특이하잖아."

"곁에 포레스타 늙은이가 있었잖아. 그 늙은이가 안내자 역할을 했다면 가능한 일이지."

"하긴, 뭐 어쨌건 제발 부탁인데 한 방에 훅 가는 경우만 없었으면 좋겠다. 안 그래도 요즘 마가스에게 조금 밀리는 느낌인데 말이야."

"동감이다."

세현이 어스 부대를 이끌고 광장을 벗어나 움직이기 시작하자 이종족들의 시선이 그 뒤를 따랐다.

하지만 이종족들은 세현 일행의 앞을 막거나 혹은 따로 접촉을 시도하지는 않았다.

세현은 그들이 눈치를 보고 있다는 사실을 알 수 있었다.

세현은 메콰스 노인의 말대로 자신이 한 개 부대 단위의 인원을 이끌고 있기 때문에 쉽게 다가오지 못하는 것이라 생각했다.

부대 단위가 아니라 소수였다면 여기저기에서 자신의 부대에 끌어들이려고 애를 썼을 것이다.

메콰스 노인이 분쟁 지역에 소수로 참전하는 이들은 기존에 있는 부대에서 적극적으로 영입해서 부대원으로 쓴다는 사실을 이야기한 바가 있다.

그리고 그런 상황을 피하기 위해서 독립 부대를 만드는 최소 단위 이상의 인원으로 일행을 구성할 것을 조언했다.

"그나저나 아까 듣자니 여기가 개미지옥이라고 하는 것 같던데, 메콰스 님은 혹시 아시는 것이 있습니까?"

세현이 걸음을 옮기며 옆에 있는 메콰스 노인을 슬쩍 돌아보며 물었다.

"투바투보, 이곳 행성을 그렇게 부릅니다. 그리고 이곳 투바투보는 두 세력이 팽팽하게 맞서고 있습니다. 마가스와 인간들의 균형이 어느 정도 유지되고 있다는 소리지요."

"그 마가스라는 것이 에테르 기반 생명체를 말하는 거죠?"

"그렇습니다, 세현 님. 몬스터라고 부르기도 하지만 에테르 기반 생명체들에 대해서 조금 더 깊이 있게 알게 되면 마가스라는 명칭으로 부르는 경우가 많습니다."

"그 마가스란 것은 무슨 뜻입니까?"

"에테르 기반 생명체 중에서 상위 종들을 그렇게 부릅니다. 거기에 더해서 폴리몬이란 존재가 있습니다."

"폴리몬이라고요?"

"그렇습니다. 에테르 기반 생명체의 최상위 존재이며 이성을 지니고 있어서 마가스들을 지휘하는 위치에 있습니다."

"그러니까 군대로 치면 지휘관이란 소리군요. 더구나 이성을 지니고 있으니 머리도 좋을 테고 말입니다."

"그렇습니다. 일반적으로 나타나는 로드나 치프 몬스터와는 다르지요. 지구에도 몬스터들이 나타나기 시작하면 간혹 특이 몬스터가 나오지요?"

"그렇습니다. 몇 번 상대를 해본 적이 있지요."

"그겁니다. 그 특이 몬스터들은 치프나 로드 정도로 볼 수 있습니다. 하지만 그것들이 이성을 지닌 존재라고 볼 수는 없지요."

"그러니까 그 특이 몬스터를 마가스라고 볼 수 있다면 그보다 상위 존재로 폴리몬이란 것이 있다는 말이군요?"

"그렇습니다. 사실 폴리몬은 우리 인간 종족을 모방해서 만들어진 존재라고 하는데 그 진위는 알 수 없지요."

"그럼 무척 강력하겠군요?"

세현이 조금은 걱정스러운 표정으로 물었다.

현재 세현의 능력은 강기를 자유롭게 쓰는 수준이다.

하지만 형의 다이어리에는 그 상위 능력이 분명히 있었다.

그리고 지금 세현처럼 강기를 자유롭게 다루는 정도로는 남색 등급에서도 제대로 힘을 쓰기 어려울 거라고 했다.

당연히 다이어리에서 강현은 세현에게 에테르 서클을 넷으로 늘이고 거기에 더해 한 단계 더 성장한 에테르 운용 능력을 지녀야 남색 등급에서 자유로울 수 있다고 했다.

세현이 걱정하는 것은 바로 그 정도 수준에 있을지도 모르는 적이었다.

"거건 또 다른 문제입니다. 폴리몬의 강력함은 개체 차이가 심합니다."

"개체의 차이라니요?"

"말 그대로 폴리몬들은 개체에 따라서 강력하기도 하고 그렇지 않기도 합니다. 지구 출신의 천공기사의 수준이 각 천공기사마다 다른 것과 같습니다."

"그럼 저보다 수준이 낮은 폴리몬도 있을 수 있다는 겁니까?"

"허허허, 당연합니다. 세현 님의 수준은 결코 낮은 것이 아니지요. 다만 폴리몬은 모두가 마가스를 부하로 거느리고 있다는 것이 문제이지요. 약한 폴리몬이 자신보다 훨씬 강한 마가스를 부하로 부리는 것은 흔한 일입니다."

"그래도 다행이네요. 폴리몬이란 존재가 강력하기까지 했다면 문제는 심각했을 테니 말입니다."

"아니지요. 폴리몬 중에 강한 존재가 없는 것은 아닙니다. 분쟁 지역의 전사 중에서 이름난 이들이 있고 또 그들과 겨룰 수 있는 폴리몬이나 마가스가 있습니다. 그러니 둘 사이의 균형이 유지되는 것이지요."

"쉬운 일이 없군요. 그럼 일단 숙소부터 정해보지요."

"허허허, 이리로 오십시오. 이쪽에 분쟁 지역 전투에 참가하는 부대를 위한 관리 본부가 있을 겁니다. 어딜 가든 비슷한 구조를 지니고 있지요."

메콰스가 한쪽으로 세현을 이끌자 어스 부대원 모두가 그 뒤를 따랐다.

"여기가 관리본부입니까?"

세현은 조금은 의외란 표정으로 주변을 살폈다.

데스크를 사이에 두고 안쪽에는 안내를 맡은 사무원들이 있고, 바깥에는 전사들이 우글거리고 있다.

그리고 한쪽 벽에는 이런저런 의뢰가 적혀 있는 종이가 빼곡하게 붙어 있었다.

"뭐 하자는 거야? 앙? 거기서 왜 정예 마가스들이 진을 치고 있냐고? 그 때문에 우리가 얼마나 피해를 입었는지 알아? 앙!"

쾅!

대머리에 코가 없는 이종족이 데스크를 주먹으로 내려치며 소리를 질렀다.

그 목소리가 너무 커서 일순 넓은 실내가 조용해질 정도였다.

"의뢰서에 분명히 있었습니다. 돌발 변수가 많으니 사전 조사가 필요한 의뢰라고 말입니다. 자신의 실수를 우리 관리 인원의 잘못으로 돌리지 마십시오."

"아니, 뭐?!"

"의뢰서에는 거짓된 정보가 없습니다. 그리고 그것을 보고 의뢰를 할 것인지 안 할 것인지 선택하는 것은 부대장의 권한이지요. 하지만 그 선택에 대한 책임은 스스로 져야 합니다."

"이익!"

대머리사내의 코가 있음직한 부분에 가느다란 선이 생기며 벌렁거렸다.

그리고 그에 따라서 거구의 가슴이 오르내렸다.

분한 마음을 겨우겨우 참고 있는 기색이 역력했다.

"의뢰의 내용을 제대로 파악하지 못하면 저런 문제가 생깁니다. 그리고 관리본부에서 내붙이는 의뢰서는 언제나 두루뭉술합니다. 그러니 제대로 된 정보 없이 움직이다간 낭패를 당하기 일쑤지요. 일단 우리는 저기로 가서 부대 신청을 하고 동시에 부대가 머물 거처를 배정 받아야 합니다."

메콰스가 데스크 너머의 여러 사람 중에서 제일 한가하게 보이는 구석자리로 향했다.

"어서 오십시오. 조금 전에 도착하신 분들이군요. 쉰여덟 명이 한꺼번에 오셨지요?"

사무직원은 평범해 보이는 인간이었다.

지구인과 비교해서 차이가 없는 외모이다.

"그렇습니다. 부대 지정을 받고 동시에 거점 건물을 얻고 싶습니다."

메콰스가 대표로 직원을 상대했다.

"당연히 그러시겠지요. 그럼 부대 명칭은?"

"어스, 어스 부대입니다."

"그렇군요. 어스, 인원은 그대로인가요? 함께 온 분들 중에서 따로 떨어져 행동할 분이 계신 것은 아닌가요?"

세현은 직원의 물음에 뒤로 돌아서 어스 부대원을 바라봤다.

"혹시라도 개인행동을 하고 싶은 사람은 지금 이야기해라. 이후에는 기회가 없다."

세현이 그렇게 말했지만 누구도 어스 부대를 떠나서 개별 행동을 하겠다는 이는 없었다.

"허허허, 없는 모양이군요. 쉰여덟 전부가 어스 부대원으로 등록하고 싶답니다."

"그런데 종족이 다른데 포레스타 종족인 당신도 어스 부대에 속하는 건가요? 그리고 그쪽도 다른 이들과 다른 종족인데요?"

사무원이 메콰스와 호올을 보며 물었다.

"나는 세현과 함께한다."

"허허, 저 역시 세현 님과 함께합니다. 우리 둘 역시 어스 부대에 속할 겁니다."

메콰스가 대답했다.

그러자 사무원은 한동안 허공에 뭔가 손짓을 했고, 일행은 그 모습을 가만히 지켜보고 있었다.

Chapter 6

어스 부대, 투바투보의 개미지옥에 둥지를 틀다

"자, 그럼 이제 다 된 것 같은데 부대원들은 따로 계급이 있나
요? 있다면 지금 이야기하는 것이 좋습니다. 이후에 신분패를
다시 조정하는 것은 번거로워요."

관리본부의 직원은 허공에 손짓하던 것을 멈추고 세현을 보
고 물었다.

그는 세현이 이 집단의 리더란 사실을 깨달은 것이다.

"세현 님, 부대의 구성에 대해서 자세하게 설명해 주시는 것
이 좋습니다. 그럼 신분패를 만들면서 그것을 고려해서 만들어
줍니다."

메콰스가 그렇게 조언하자 세현은 다섯 개의 팀과 한 개의

본대로 이루어진 어스 부대의 조직을 설명하고 또 각 팀의 팀장도 직원에게 소개했다.

존슨, 주영휘, 압둘라, 란탈로, 현필이 팀장으로 소개되었고, 세현 자신은 어스 부대의 대장으로 알렸다.

"아, 그렇군요. 잠시만……"

직원은 다시 허공에 몇 번의 손짓을 했다.

그리고 곧바로 데스크 아래에서 상자 하나를 꺼내 세현에게 건넸다.

"여기 있습니다. 그 안에 보시면 여러분의 신분패가 들어 있습니다. 아시겠지만 그 신분패가 앞으로 여러분의 전과(戰果)를 모두 기록하게 될 것입니다. 아울러 그에 대한 보상 역시 신분패에 적립된 공적에 따라서 수령이 가능합니다. 그리고 숙소도 신분패를 확인하면 알 수 있을 겁니다. 그럼 투바투보의 승리를 위해서 노력해 주시기 바랍니다."

직원이 상자를 건네며 고개를 숙여 인사하자 세현은 얼떨결에 인사와 상자를 동시에 받았다.

세현은 일행과 함께 관리본부의 한쪽 구석에 있는 휴게실을 찾아서 자리를 잡았다.

여러 개의 탁자와 의자가 있고, 한쪽에는 스낵바를 연상시키는 상점까지 있는 휴게실에는 의외로 손님이 별로 없었다.

세현은 탁자 하나를 차지하고 메콰스와 호올, 그리고 다섯 명의 팀장과 함께 앉았다.

그리고 상자를 열어 신분패를 꺼냈다.

"음, 이게 내 거군."

세현은 그중에서 자신의 신분패를 어렵지 않게 찾아낼 수 있었다.

"신기하군요. 신분패의 주인과 신분패가 뭔가 연결되어 있는 것처럼 느껴지니 말입니다."

"그러게요. 이게 제 거군요."

"이건 내 거다."

팀장들과 호올, 메콰스가 신분패를 찾은 후 상자는 일반 대원들의 손으로 넘어갔다.

"부대 이름과 부대에서의 직위, 거기에 개인의 이름 말고는 없는 것 같은데?"

세현은 신분패를 보면서 중얼거렸다.

"허허, 앞으로 의뢰를 맡아서 처리하게 되면 그에 따른 공적이 자동으로 기록됩니다. 그리고 뒷면을 보시면 점수가 있을 겁니다."

"점수라? 어디 보자, 내 점수는 30점?"

"우린 20점인데 부대장이 10점 높군."

"일반 대원들은 10점이군. 결국 지휘에 따라서 점수 차이가 있다는 건가?"

팀장들이 불만스러운 표정으로 얼굴을 찌푸렸다.

"허허, 그야 당연하지 않습니까? 여러분이 이곳에 도착할 수 있던 이유를 따지더라도 세현 님의 공이 가장 크지요. 그러니 점수에 차이가 있는 것은 당연한 일이지요.."

메콰스가 그런 팀장들의 모습에 짧게 일침을 가했다.

"하긴 그렇긴 하지."

"인정! 그건 어쩔 수 없지."

"하지만 앞으로도 그럴 거란 건 조금……."

주영휘 팀장은 계속 차별이 생길 것을 못마땅하게 여기는 빛이 역력했다.

"허허허, 걱정하지 마십시오. 전공을 세우면 거기에 따라서 점수를 책정하는 것은 이곳의 전장 시스템입니다. 지위에 어울리는 모습을 보이지 못하면 일반 대원보다 점수가 낮아질 수도 있지요."

하지만 메콰스가 다시 한 번 일행의 걱정을 불식시켰다.

"오호, 그거 좋은데요? 그럼 일정 기간을 정해 점수 획득에 따라서 어스 부대의 직위를 결정하는 것은 어떻겠습니까?"

주영휘가 색다른 제안을 했다.

"흐음. 의외로 주영휘 팀장은 부대장의 자리가 탐나는 모양입니다."

압둘라가 주영휘를 보며 말했다.

"그럼 다른 분들은 아닙니까? 저는 모두 그럴 거라고 생각합니다만."

"그런데 진세현 대장님의 생각이 중요하지 않겠습니까? 대장님께서 받아들이지 않으면 곤란한 문제 아닙니까."

존스 팀장이 세현을 보며 말했다.

"이거 부대 분위기가 개판이구만. 뭐? 점수에 따라서 부대장을 정하자고? 기가 막히는군. 이거 아주 콩가루야. 이봐, 너희들, 너희들이 이곳에 온 것은 너희가 애원해서야. 데려올 이유가 없는데도 하도 매달려서 데리고 온 거라고. 그런데 뭐? 부대장의 자리를 어떻게 한다고?"

쿠구구구구궁!

세현이 에테르를 끌어올려 기세를 뿜어내기 시작했다.

그러자 같은 탁자에 앉아 있던 팀장들도 맞서서 에테르를 끌어올렸다.

그러자 팀 미래로와 세현의 본대에 속한 대원들이 벌떡 일어나서 세현의 뒷자리에 늘어섰다.

갑작스런 상황에 다른 일반 대원들은 이러지도 저러지도 못하고 당황했다.

"으윽? 이게 무슨……?"

"몸이 말을 듣지 않아! 에테르가 흩어져!"

"이런 썅! 이게 앙켑스야?"

"으허허, 이래서야 뭘 어쩌라고?"

하지만 그런 상황은 오래가지 못했다.

세현과 기세 싸움을 하고 있던 네 명의 팀장이 모두 인상을 찌푸리며 세현에게 콱 눌려 버린 것이다.

그들은 하나같이 세현의 기운을 이기지 못하고 얼굴빛이 하얗게 탈색되었다.

흑인인 압둘라만 겉으로 표시가 나지 않았지만 그 역시 얼굴 가득 땀이 흥건하고 눈은 충혈되어 있었다.

"시끄럽다! 입 다물어라!"

세현이 투덜거리는 팀장들에게 고함을 질렀다.

"너희가 어스 부대에 들어온 이상은 내 명령에 따르는 것이 당연하다. 그 약속을 받고 내가 너희를 여기로 데리고 온 거니까 말이다. 어스 부대의 이익을 위해서 너희 중에서 몇을 희생시키는 작전을 벌여도 너희는 그것을 감수해야 한다. 그래야 우리 어스 부대가 얻은 이익이 너희의 길드, 너희의 나라, 너희의 대륙에 돌아갈 테니까!"

세현이 싸늘한 눈빛으로 팀장들은 물론이고 나머지 일반대원들까지 쓸어 보았다.

세현의 눈빛을 받은 대원들이 움찔 떨었다.

"명령에 복종하는 것, 그것이 어스 부대원이 되는 조건인 것을 몰랐다고 개소리를 하는 놈이 있으면 그냥 목을 잘라주마. 너희가 나를 얼마나 만만하게 봤는지 모르지만 나는 멀쩡한 사과를 위해서 썩은 사과를 버릴 수 있는 사람이다. 너희 중에서 누구든 썩은 사과가 된다면 가차 없이 버려주지."

세현의 말에는 은은한 살기가 담겨 있었다.

대원들은 정말로 세현이 그들을 죽일 수 있다는 사실을 깨달 았다.

몬스터가 아닌 같은 인간 진영에서의 다툼이 금지되어 있는 곳이 이곳 분쟁 지역이었다.

하지만 단 한 가지 경우, 같은 부대에 속한 경우에는 그것이 적용되지 않았다.

효율적인 부대 운영을 위한 형벌은 인정되고, 그 최악의 경우 에는 처형도 가능한 것이 부대 내부의 운영이었다.

세현은 네 명의 팀장을 본보기로 어스 부대원들의 군기를 엄 정하게 세웠다.

상명하복을 당연한 것이라 공언한 것이다.

그 후에 세현은 관리본부에서 지정해 준 어스 부대의 거처로 이동했다.

투바투보의 개미지옥이라고 하는 이곳 전장은 제법 넓은 분 지 하나를 양분하고 대치한 상태였다.

그런데 이곳의 전투는 지구처럼 이면공간에서도 활발하게 진 행되고 있었다.

그리 넓지도 않은 분지 안에서 진입 가능한 이면공간이 자그 마치 백 개가 넘었다.

붉은색 등급의 수가 마흔 정도로 가장 많지만 그 나머지는 모두가 그보다 상급의 이면공간이었다.

한마디로 분지 내부는 곳곳에 이면공간으로 들어갈 수 있는 포인트가 있다고 봐야 했다.

거기다가 더 심각한 것은 분지 내부 어디서나 남색 등급의 이면공간으로 넘어갈 수 있다는 것이었다.

사실상 개미지옥에서 우세를 점하기 위해서는 그 남색 등급의 이면공간을 온전히 차지하는 것이 열쇠였다.

남색 등급의 이면공간을 차지하는 쪽이 개미지옥 전쟁의 승자가 될 거란 사실은 누구나 알고 있었다.

개미지옥 전장이 있는 커다란 분지의 북쪽에 에테르 기반 생명체들의 진영이 있고, 남쪽에 인간 종족의 진영이 있었다.

양쪽 진영은 중앙의 전투 지역에서 빈번하게 전투를 벌였지만 결국 양쪽 모두 서로를 몰아내지 못하고 대치하는 상태였다.

그 분지의 최남단에 인간 종족의 거점 도시가 있고, 그곳에 독립 부대를 위해서 관리본부에서 준비한 건물들이 있었다.

부대 규모에 따라서 그 건물들을 배정해 주는데 기본적으로 쉰 명이 넘는 부대원을 기준으로 했다.

그 때문에 4인실 기준으로 열다섯 개의 방이 있고, 부대시설로 식당이나 휴게실 등이 있는 건물이 제일 작았다.

어스 부대의 인원이 예순이 넘지 않았기에 그런 건물 중의 하나를 배정 받았다.

특이한 것은 각 부대에게 하나의 건물이 아니라 10층 규모의

석조 건물 한 층을 하나의 부대가 사용한다는 것이었다.

거기다가 그런 10층 규모의 건물 다섯이 공중에서 보면 오각형 모양으로 세워져 있었는데, 건물들 사이에 있는 중앙 공터는 50개의 부대가 공동으로 사용하는 연병장으로 쓰이고 있었다.

사실상 연병장은 다섯 개의 건물을 사용하는 부대원들의 사교의 장이라 할 수 있었다.

"위에서 보면 축구공을 보는 것 같을 거야."

"무슨 소리야?"

세현의 말에 호올이 물었다.

두 사람은 건물 옥상에 올라와서 거점 도시의 전체적인 모습을 살피고 있었다.

대부분의 건물이 10층 정도로 일률적인데다가 세현이 입주한 건물이 있는 곳이 언덕 위쪽이라 도시의 대략적인 모습을 살필 수 있었다.

그런데 딱 보니 오각형을 이루는 건물 배치가 많다 보니 오각형과 오각형 사이는 자연스레 육각형 모양이 될 수밖에 없고, 고전적인 축구공의 무늬를 떠올리게 한 것이다.

"축구라는 놀이에 사용되던 공이 저렇게 오각형과 육각형의 조각을 이어 붙여서 만들었다고 하더라고. 뭐 지금은 사라진 과거의 유물이지만."

"음, 신기하군. 그보다는 벌집을 떠올리는 것이 정상적이지 않나?"

호올은 지구에서는 벌집보다 축구공이 더 보편적으로 알려져 있는 것인가 하는 고민을 잠시 했다.

"하긴, 그 말이 맞네. 벌집을 닮았군."

세현은 그런 호올의 반박을 쉽게 수용했다.

"그나저나 어쩔 거지?"

"뭘?"

"어스 부대의 의뢰 말이야. 부대 단독 임무를 할 건지, 아니면 연합 작전을 할 건지 묻는 거야."

호올이 세현의 생각을 물었다.

"당연히 단독 작전부터 해야지. 대원들이 제대로 융합이 되지 않았잖아. 거기다가 실력 평가도 해야 하고 말이야."

"역시 그렇겠지. 그럼 붉은색 등급의 이면공간 공략부터 하는 건가?"

"인원이 적으니까 아무래도 그렇게 시작해야지."

세현이 고개를 끄덕였다.

"어떻게 이면공간의 등급과는 전혀 상관없는 등급의 몬스터가 분포하고 있다는 건지 참 이상한 곳이야."

호올이 분쟁 지역의 특성을 이야기하며 고개를 저었다.

원래 이면공간에는 그 등급에 해당하는 몬스터만 등장했다.

그런데 이쪽 분쟁 지역에서는 붉은색 등급의 이면공간에서 파란색, 혹은 남색 등급의 몬스터를 만나도 이상할 것이 없었다.

물론 그렇게 극단적인 등급 차이가 벌어지는 경우는 많지 않앗지만 어딜 가든 몬스터를 이끄는 치프나 로드 몬스터가 있고 때론 폴리몬도 나오는 곳이 이곳이었다.

호올은 지금까지 경험하지 못한 일이라 혼란스러워했다.

정해진 룰을 벗어나는 것을 받아들이는 데 호올은 다른 사람들보다 조금 더 어려움을 느꼈다.

온스 종족은 어떤 인식, 혹은 선입견 같은 것을 바꾸는 것을 힘겨워했다.

특히 그것은 여럿이 되는 수가 많아질수록 더 그랬는데, 그것은 한꺼번에 여러 사람의 생각을 모두 한 가지로 통일시켜야 하는 어려움과 비슷했다.

그래서 호올은 이면공간에서 그 등급에 해당하는 몬스터만 등장한다는 질서가 깨진 것을 쉽게 받아들이지 못하는 것이다.

물론 그것은 시간이 해결해 줄 문제였다.

"허허허, 여기 계셨습니까?"

그때, 메콰스가 옥상에 있는 둘을 찾아왔다.

"다녀오셨습니까? 어떻습니까?"

세현이 물었다.

"마침 적당한 의뢰가 있어서 임시 신청을 해두고 왔습니다. 정식 신청은 부대장이나 대리인만 할 수 있으니까요."

"그래요? 다행입니다. 그래, 어떤 의뢰입니까?"

관리본부에 다녀온 메콰스의 대답에 세현이 조금 흥분하며 물었다.

어스 부대, 첫 의뢰 수행을 나서다

"좀 곤란한데?"

세현이 거점의 부대장실에 혼자 앉아서 중얼거렸다.

세현은 분쟁 지역 안에서 지구로 이동하는 것에 문제가 생긴 것을 알아차렸다.

분쟁 지역에 오기 전에는 어디든 천공기 주얼에 좌표만 기억이 되어 있으면 이동이 가능했다.

거기다가 콩쥐의 능력이 늘어나면서 굳이 천공기 주얼의 색깔에 구애를 받지도 않았고, 한꺼번에 이동 가능한 인원도 크게 늘어서 어스 부대원 전체를 이동시킬 수 있을 정도였다.

하지만 분쟁 지역인 투바투보에 도착한 후 세현은 아무리 애를 써도 한 번에 이동 가능한 숫자가 세 명을 넘지 못한다는 사실을 알게 되었다.

[음? 뭐? 집에 가는 거? 콩쥐 혼내?]

세현은 혼자인 것처럼 보이지만 책상 위에 햄스터 모습의 '팥쥐'가 함께하고 있었다.

'팥쥐'는 세현의 고민이 콩쥐의 무능 때문이라고 생각하는지 혼낼 것인지를 물었다.

"콩쥐 잘못이 아니잖아. 콩쥐를 혼낸다고 될 일이 아니지."

[음! 아니야. 콩쥐 혼나! 일 못하면 혼나. 콩쥐는 구박을 받아

야 해. 그래야 잘해.]

세현은 콩쥐를 구박하는 데 언제나 의욕적인 '팥쥐'의 모습에 살살 고개를 저었다.

하지만 그렇다고 '팥쥐'를 야단치거나 하지는 않았다.

어쨌거나 '팥쥐'와 콩쥐는 그 출신이 다르기 때문이다.

'팥쥐'는 형의 친구라고 할 수 있는 타모얀의 대우로부터 받은 선물이지만, 콩쥐는 에테르 기반 생명체들의 근원인 코어에서 나왔다.

당연히 세현의 팔이 안으로 굽는다면 '팥쥐'를 향해 굽을 수밖에 없었다.

"그런다고 콩쥐의 능력이 확 늘어날 수가 있는 건 아니잖아. 애초에 천공기 자체가 지닌 한계일 수도 있고."

세현은 분쟁 지역이 새로운 행성이기 때문에 천공기로 이동하는 것에 한계가 생긴 거라고 파악했다.

[음. 아니야. 콩쥐 혼나! 할 수 있는데 못하는 건 혼나야 해!]

'팥쥐'는 콩쥐가 할 수 있는 일을 못하고 있다고 계속 고집을 부렸다.

"음, 그나저나 이번 첫 임무는 아무 사고 없이 완수할 수 있어야 할 텐데 걱정이군."

세현은 슬쩍 화제를 돌렸다.

자칫 '팥쥐'가 콩쥐를 고양이가 쥐 잡듯이 잡는 일이 벌어질 것 같았기 때문이다.

[조그만 이면공간이라고 했어. 음. 정찰이니까 괜찮을 거야.]

'팥쥐'가 나름의 위로를 세현에게 건넸다.

이번에 메콰스 노인이 가지고 온 첫 임무의 내용이다.

분쟁 지역에서 가까운 이면공간이지만 이쪽 인간 종족 쪽에 포함된 곳인데 언제부턴가 에테르 기반 생명체들이 모습을 보이기 시작했다는 보고가 있었단다.

그래서 정말로 그 이면공간이 에테르 기반 생명체들에게 점령이 된 것인지 확인하는 의뢰가 있었다.

하지만 그런 의뢰의 경우엔 대부분 이면공간에서 자연스럽게 발생한 몬스터들 때문에 신고가 들어오는 경우가 대부분이라고 했다.

에테르 기반 생명체들과의 전쟁이 인간 종족에겐 불리한 것이 바로 그런 점이었다.

이면공간에서는 언제든 자연 발생하는 몬스터가 있을 수 있다는 사실, 그리고 이면공간 자체가 에테르 코어를 바탕으로 생성되어 있다는 사실이 문제였다.

모든 이면공간은 그 이면공간을 유지하기 위한 에테르 코어가 있어야 했다.

그리고 에테르 코어는 당연히 지속적으로 에테르를 생산해 냈고, 생산된 에테르로 몬스터를 만들었다.

이면공간 자체를 모두 없애지 않는 이상 에테르 기반 생명체를 완전히 없애는 것은 불가능했다.

그것은 에테르 기반 생명체들에게 행성 자체가 점령당한 경우를 빼고 이야기해도 그랬다.

"머리가 복잡하네. 어쨌거나 에테르 기반 생명체 자체를 말살하는 것은 꿈도 못 꿀 일이니까 일단은 내가 할 수 있는 일에만 신경 쓰자. 머리 아프다."

[음. 세현, 머리 아파? 생각 많이 해서? 그럼 생각을 하지 마. 음음.]

"그래. 나고 그러고 싶은데 그게 맘대로 안 되네."

세현은 손가락으로 햄스터 모양의 '팥쥐'를 살살 긁어주면서 중얼거렸다.

[음. 잘될 거야. 음! 그래, 잘될 거야. 음음.]

어스 부대원 전체가 첫 임무에 투입되었다.

그들이 들어가야 할 이면공간의 입구는 분지의 중앙 전선에서 약간 후방에 있었다.

그러니 당연히 그곳은 인간 종족의 지배하에 있는 곳이다.

그런데 거기에 몬스터들이 있다는 보고가 들어왔다.

그렇기 때문에 인간 종족은 당연히 확인하고 조치를 취해야 한다.

그래서 의뢰가 뜬 것이다.

그곳이 적들에게 점령된 것인지, 아니면 에테르 코어로 인해 자연적으로 생성된 몬스터인지를 확인하는 것이다.

그 방법은 의외로 간단했다.

붉은색 등급의 코어가 생산할 수 있는 몬스터는 붉은색 등급의 몬스터밖에 없다.

그러니 붉은색 등급의 이면공간에 그 등급 이상의 몬스터가 있다면 그곳은 적들에게 점령이 되었거나 혹은 침략을 받고 있는 중이란 뜻이 된다.

세현의 어스 부대는 그것을 확인하기 위해서 이면공간으로 들어가는 것이다.

"그래도 이곳 투바투보에서 이면공간으로 들어갈 때에는 천공기가 필요 없고 이곳에서 만든 신분패만 있으면 가능한 게 다행이지 않습니까. 공적에 따라서 들어갈 수 있는 이면공간의 등급이나 횟수에 차이가 있긴 하지만 말입니다."

메콰스는 어스 부대를 이끌고 진입 위치에 도착해서 마지막 점검을 하고 있는 세현에게 말을 걸었다.

"그래서 헌터들을 데리고 올 수 있던 거 아닙니까. 아니었다면 팀 미래로의 대원들을 데리고 오기 어려웠을 겁니다."

세현은 현필이 이끌고 있는 팀 미래로를 보며 말했다.

다른 팀들이 모두 천공기사인 반면에 팀 미래로는 헌터만으로 구성되어 있었다.

그 때문에 다른 팀들이 팀 미래로를 얕잡아보며 무시하고 있다는 것을 알고 있었다.

하지만 당장 겉으로 드러난 것도 아니고 전투를 치르다 보면 동료애가 생길 거라는 생각에 두고 보고 있는 중이다.

사실 두고 보지 않는다고 하더라도 마땅히 방법이 있는 것도 아니었다.

세계 여러 나라에서 한두 명씩을 모아서 만든 부대이다.

어느 정도 호흡을 맞출 시간은 필요하다고 생각했다.

"진입한다. 알고 있겠지만 도착과 동시에 주변 경계를 게을리 하지 마라. 붉은색 등급이라고 하지만 최악의 경우 마가스나 폴리몬이 이미 점령했을지도 모른다."

세현은 마지막으로 부대원들에게 주의를 당부하고 진입 명령을 내렸다.

"진입!"

*   *   *

투황! 투황!

키에에엑! 캐액!

피잉! 퍼벅!

캐애액!

"이건 뭐 심심하구만."

"그러게, 나오는 족족 한 방에 날아가니 재미가 없네."

"그래도 원거리 공격을 하는 녀석들은 쏘는 재미라도 있지, 우린 할 일도 없잖아. 도축을 하는 것도 아니고 말이야."

"빨간색 등급의 몬스터에서 뭘 얻을 것이 있다고 도축이냐? 분쟁 지역이랍시고 몬스터들이 아주 넘쳐나. 거기다가 굳이 이 면공간에서 사체를 들고 나갈 일은 거의 없지. 투바투보 행성 전체에서 나날이 쏟아지는 몬스터 사체만도 엄청난데."

"주얼이나 코어 정도나 쓸모가 있지."

"그게 아니면 천공기나 통행증, 아티팩트 같은 것들이 쓸모가 있는 거지."

"그래도 이번 출동에서 부수입을 조금 얻어야 하지 않겠냐? 솔직히 관리본부에서 준비한 것들은 정말 말 그대로 기본적인 생계 수단 정도일 뿐이라고."

"더 원하는 것이 있으면 점수로 사라는 거잖아."

"결국 죽어라 싸워서 점수를 얻어야 한다는 거지."

"거기 조용히 좀 못하나? 지금 우린 작전 중이다. 누가 작전 중에 잡담을 하나?!"

란탈로 팀장이 자신의 팀원들을 향해서 눈을 부라리며 고함을 질렀다.

유럽 팀을 맡고 있는 란탈로는 유럽의 남부 출신이라는데, 이탈리아 방면이 고향이라고 했다.

하지만 유럽도 몬스터 사태 이후로 유럽연합으로 묶이고 또 그 후에는 크고 작은 도시 단위로 방어선을 만들면서 나라 구별이 무색해졌다.

그래도 유럽 전체가 하나로 묶여서 어떻게든 난관을 극복하기 위해서 노력하고 있고, 나름대로 선전하고 있는 중이다.

란탈로는 그런 유럽의 대표적인 길드인 철십자 길드의 부길드장을 맡고 있었다.

그런 그가 미래 길드에서 나온 분쟁 지역에 대한 소식을 듣자마자 자원해서 어스 부대로 온 것이다.

그의 목적은 어떻게든 유럽연합에 도움이 될 수 있는 것을 얻는 것이었다.

그것이 정보가 되었건 이면공간 통행증이 되었건 아티팩트가 되었건 간에 분쟁 지역은 무척 중요한 곳이 될 거란 생각에 적극적으로 나선 것이다.

란탈로는 어떻게든 지구에서 몬스터를 몰아내고 싶었다.

그는 몬스터가 나타나기 전의 지구가 얼마나 평화로운 곳이었는지 뼈에 사무치게 느끼고 있었다.

그리고 그런 몬스터 없는 세상을 자신의 아이들과 자손들에게 물려주겠다는 의지로 똘똘 뭉친 사람이었다.

비록 유럽연합을 위해서 분쟁 지역으로 오기는 했지만 개인적인 욕심이 없다는 점에서는 어스 부대에서 본받을 만한 대원이었다.

"팀장, 뭐 긴장할 것이 있어야 할 거 아닙니까. 붉은색 등급의 이면공간이 그렇게 넓은 것도 아니고 말입니다. 벌써 절반 이상은 둘러본 것 같은데 가끔 보이는 최하급 몬스터 말곤 없잖습니까."

란탈로의 지적에 대원 중의 한 명이 대놓고 투덜거렸다.

"평소엔 어떨지 몰라도 지금은 작전 중이다. 작전 중 명령 불복종은 즉결도 가능하다는 점을 잊지 마라. 나는 분명히 작전에 집중하라고 했다. 잡담도 금하고."

하지만 란탈로의 대응은 무척 단호하고 매서웠다.

그런 방응이 의외였는지 란탈로에게 투덜거리던 대원의 표정이 딱딱하게 굳었다.

그는 란탈로가 진짜로 명령 불복종으로 자신에게 벌을 줄 수도 있음을 느끼고 있는 것이다.

"아, 알겠습니다."

그는 괜한 객기를 부리지 않았다.

그 역시 능력을 인정받은 천공기사였다.

분위기 파악 정도는 할 깜냥이 된다는 소리다.

그가 한 발 물러나서 란탈로의 명령을 수긍하자 다른 팀의 대원들도 흥미롭게 보던 눈빛을 지우고 진장을 눈에 담기 시작했다.

란탈로가 입에 올린 '즉결'이란 말이 그들의 심장에 얼음송곳을 박은 것 같은 섬뜩함을 준 것이다.

피잉! 콰곽!

키에에엑!

다시 한 마리의 몬스터가 머리에 화살을 박고 쓰러졌다.

세현의 곁에 있던 본대의 궁수가 쏜 화살이다.

지금껏 대부분의 몬스터는 팀 미래로와 본대에서 해결하고 있었다.

팀 미래로는 세현이 돌비틀 종족에게서 가지고 온 원거리 공격 무기를 개선한 아티팩트를 기본으로 가지고 있었다.

그래서 몬스터들이 가까이 오기도 전에 박살을 내놓고 있었다.

거기다가 태극 길드에서 파견 나온 궁수 천공기사도 무료함을 떨치려는 듯 심심찮게 화살을 날리고 있었다.

그 궁수는 예전부터 세현과 인연이 있는 사람으로 이번 어스 부대에 참전하면서 복면을 벗고 양지로 나왔다.

사실상 본대의 대원들은 모두가 태극 길드원이거나 그와 관계가 있는 이들이었다.

태극 길드의 마스터는 될 수 있으면 분쟁 지역에 태극 길드가 진출할 방법을 찾고자 했다.

사실상 그것은 어스 부대에 대원들을 보낸 모두의 바람이기도 했다.

하지만 어찌 된 것인지 정작 분쟁 지역에 도착한 어스 부대원은 분쟁 지역의 위험성보다는 분쟁 지역에서 얻을 수 있는 보상에 눈이 먼 것 같은 상황이다.

"정말로 몬스터가 자연 발생한 것뿐인가?"

호올이 세현 곁에서 함께 걸음을 옮기며 물었다.

하지만 세현은 호올의 물음에 답을 주지 않았다.

그는 이곳 이면공간에 들어온 후로 계속해서 미니맵을 살피며 인상을 쓰고 있었다.

'이거, 잘못된 거 아니지?'

[음! 나빠. 난 훌륭해. 그러니까 절대 틀리지 않았어. 음음!]

'그래, 그게 문제지. 네가 틀리지 않았다면 우리는 계속 포위된 상태로 움직이고 있다는 거니까.'

세현은 '끌쥐'의 장담에 도리어 이맛살을 찌푸렸다.

언제부턴가 어스 부대는 보이지 않는 곳에서 포위된 상태로 움직이는 중이었다.

그것은 이 필드의 지형이 숲이어서 시야에 한계가 있다는 것도 한몫하고 있었다.

'결국 여길 적들이 점령했다고 봐야 하는 건가? 골치 아프게 된 것 같네.'

세현은 의뢰의 내용에 들어 있던 특약을 떠올렸다.

이면공간이 만약 마가스나 폴리몬에게 점령당한 경우 그곳을 복구한다면 꽤나 후한 공적 점수를 주겠다고 되어 있었다.

어스 부대, 첫 전투를 벌이다

"정지!"

세현이 주먹을 쥐고 손을 들어서 어스 부대의 움직임을 멈췄다.

쉰여덟의 전술 기동을 위해서 앞뒤 좌우로 첨병이 퍼져 있기는 했지만 그렇게 넓은 범위는 아니었다.

애초에 숲 속에서 동료의 시선을 벗어나는 위치까지 떨어지는 것은 저격수를 빼곤 하지 말아야 할 행동이다.

그리고 어스 부대는 아직 보직을 구체적으로 나누지 않았다.

그래서 자연적으로 부대의 수장인 세현을 중심으로 팀별로 적당히 진형을 갖추고 이동 중이었는데 세현이 부대를 멈춘 것이다.

대원들의 시선이 세현에게 몰렸다.

하지만 그런 대원들의 눈빛에 긴장감은 별로 없었다.

지금까지 경험한 바로 이곳 이면공간에는 붉은색 등급의 몬스터밖에는 없다는 것을 경험했기 때문이다.

"팀장들, 모여!"

세현의 명령에 다섯 팀장이 세현의 곁으로 모였다.

"선택을 해야겠다."

"선택이라니요?"

세현의 말에 현필이 되물었다.

"우리가 받은 의뢰에는 이곳 이면공간이 적들에게 점령당하거나 혹은 침략당한 것인지를 확인하라는 내용이었다. 그리고 만약 점령이나 침략이 확인되면 그것을 보고하는 것으로 의뢰는 완수된다. 다만 특약으로 점령, 침략을 확인하고 그것을 퇴치하는 경우엔 더 많은 공적을 인정받을 수 있다."

"그 말은 지금 이곳이 몬스터들에게 점령, 혹은 침략 받았다고 추측하는 상태란 말입니까?"

압둘라가 세현을 보며 물었다.

"그렇다."

"확신하시는 모양이군요?"

주영휘가 의심스럽다는 듯이 물었다.

그는 아직 앙금이 걷어내지 못한 것이 눈에 뻔히 보였다.

"우리의 시선이 닿지 않는 곳에서 우리를 포위하고 움직이는 몬스터의 수가 백 마리 정도 된다. 딱 우리의 시선이 닿지 않을 거리에서 한동안 계속 따라다니고 있지. 우리에게 죽은 놈들은 가끔씩 그것들 중에 몇 마리가 우리에게로 달려든 놈들이다."

"그게 정말이라고 해도 그 남은 것들이 전부 붉은색 등급의 몬스터일 수도 있는 거 아닙니까?"

존슨이 물었다.

"나도 정확하게 몬스터들의 등급까지 확인할 방법은 없다. 다만 일정 범위 안쪽에 에테르를 지닌 것들을 확인할 수 있을 뿐이다."

"그럼 에테르의 크기까진 모른다는 겁니까?"

"맞다, 주영휘. 내가 가까이 다가오는 몬스터를 감지할 수는 있어도 그것들의 수준까진 알 수 없다. 직접 대면하기 전까지는."

천공기사들은 어느 정도 거리에 있는 몬스터들의 등급을 어림짐작하는 것이 가능했다.

그것은 대상의 에테르 수준을 파악할 능력이 있기 때문이다.

하지만 그것도 일정 거리를 넘어서면 불가능했다.

세현의 말을 들은 팀장들이 최대한 능력을 다해서 몬스터들을 찾고 있지만 어스 부대를 포위하고 있는 몬스터들을 탐지하지도 못하고 있었다.

그런 상황에서 몬스터의 등급까지 알아내지 못한다고 세현을 타박할 수는 없었다.

"그거 혹시 각성 능력입니까?"

압둘라가 세현을 보며 물었다.

하지만 세현은 살짝 인상을 찌푸릴 뿐 대답은 하지 않았다.

천공기사 사이에서 각성 능력은 될 수 있으면 드러내지 않으려는 것이 일반적이다.

천공기사의 각성 능력은 때로 최후의 순간에 목숨을 구할 방도가 될 수도 있기 때문이다.

물론 한때 천공기사들이 파티를 짜고 사냥을 할 때에는 쓸만한 각성 능력을 가진 천공기사를 우대하는 경향도 있었다.

하지만 시간이 지나면서 자신이 지닌 최후의 수단이란 생각 때문인지 각성 능력을 감추는 이들이 늘어났다.

"그래서 선택을 해야 한다는 겁니까? 이대로 복귀해서 보고를 하거나 혹은 놈들을 섬멸하거나 하는?"

존슨이 물었다.

"복귀를 하게 되면 이대로 할 수는 없지. 그냥 포위가 된 상태로 이면공간의 남은 범위를 모두 돌아보고 복귀한다. 그래야 놈들도 우리가 자신들을 발견했다는 의심을 하지 않을 테니까. 그리고 섬멸을 한다고 해도 조금 더 움직여서 우리가 유리한 지형을 찾은 다음에 해야 할 일이다. 다만 그전에 결정해야 할 것 같아서 너흴 부른 거다."

세현의 말에 현필을 제외한 네 명의 팀장은 쉽게 결정하지 못하고 갈등 어린 표정을 지었다.

"일단 가서 팀별로 의견을 모아봐. 십 분 후에 다시 모여서 결정하지."

세현은 그렇게 말하고 팀장들을 돌려보냈다.

"놈들이 수가 좀 많지 않습니까?"

그때, 본대에 속해 있던 궁수가 세현을 보며 물었다.

"어차피 그중에 대부분은 하급 몬스터일 거라고 봅니다. 거기다가 빨간색 등급의 이면공간에 그리 대단한 능력을 지닌 몬스터나 폴리몬이 있을 것 같지는 않고 말입니다."

세현은 이전부터 안면이 있던 그와 개별적인 대화를 할 때에는 존대를 해주고 있었다.

"결국 대장님은 전투를 생각하고 계신 모양입니다?"

"당연하지요. 저들이 쉽게 꼬리를 말고 귀환을 선택할 거란 생각은 안 들거든요. 그러는 춘길 씨는 어떻게 보십니까?"

"하하, 저도 대장님의 생각과 같습니다. 싸우자는 쪽을 택하겠지요."

이춘길은 세현의 말에 당연하다는 듯이 대답했다.

태극 길드 최고의 원거리 공격수인 그의 이름은 이춘길이었다.

*   *   *

"거기 막아! 폴! 뭐 해?!"

방어선 안으로 도마뱀을 닮은 몬스터가 밀고 들어오는 모습에 존슨이 고함을 질렀다.

"으앗! 젠장! 나도 하고 있어!"

"크아악!"

그때, 팀원 중 하나가 이족보행의 인간형 몬스터가 휘두른 손톱에 가슴이 갈라지며 비명을 질렀다.

"막스, 막스가 당했다! 뒤로 빼!"

"죽어! 새끼들아!"

존슨이 고함을 지르고 쓰러진 팀원 곁의 대원들이 인간형 몬스터를 협공해서 밀어냈다.

그러자 밀려난 몬스터가 뒤로 물러나더니 다른 몬스터들과 함께 숲으로 들어가 버렸다.

"허억! 허억! 이것들이 또 도망갔어! 빌어먹을 놈들!"

몇 번 반복된 몬스터들의 패턴에 대원들이 흙바닥에 주저앉으며 투덜거렸다.

"어서 막스를 부대장에게로 데리고 가! 막스를 죽일 참이야?"

다시 존슨이 고함을 질렀다.

그러자 쓰러진 팀원 곁에 있던 두 사람이 쓰러진 막스를 들고 뒤쪽의 언덕 위로 움직였다.

그곳에는 이미 몇 명의 부상자가 쓰러져 있었다.

팀 미래로의 헌터도 둘이나 보이고 다른 팀의 팀원도 한둘씩은 정신을 잃고 쓰러져 있었다.

"대장님, 여기 막스가……!"

"눕혀놓고 대형으로 돌아가!"

막스를 데리고 온 대원이 뭐라고 하기도 전에 세현의 고함이 떨어졌다.

팀 아메리카의 대원들은 급히 막스를 내려놓고 서둘러 그들이 방어를 맡은 지역으로 움직였다.

기껏해야 열 걸음도 떨어지지 않은 곳이지만, 세현이 있는 본대와 떨어지는 것이 어쩐지 불안한 그들이다.

"생각보다 피해가 크군."

호올이 세현의 곁으로 다가왔다.

다른 호올 두 명은 아직도 방어선을 돌아다니고 있었다.

호올은 본대 인원으로 위험한 팀을 지원하는 역할을 하고 있었다.

그것은 본대의 다른 인원도 마찬가지였다.

만약 본대의 도움이 없었다면 언덕을 둘러싼 방어선이 뚫렸을 가능성이 높았다.

언덕이라고 하기도 초라한 곳이지만 그래도 나무와 풀이 듬성듬성 자라서 시야가 확보된 곳에서 어스 부대는 몬스터들을 사냥하기로 결정을 내렸다.

그 결정은 당연히 다섯 명의 팀장들이 내린 것이다.

팀 미래로의 현필은 결정을 세현에게 미뤘지만 다른 팀장들은 모두가 전투를 통해서 몬스터를 잡고 좀 더 나은 공적을 세우는 쪽을 원했다.

그래서 그나마 전투에 유리할 것 같은 지형을 찾은 후에 사계 청소를 하면서 전투 준비를 했다.

그리고 어스 부대가 전투 준비를 시작하자 몬스터들도 자신들의 존재를 들켰다는 것을 알았는지 본격적으로 어스 부대를 공격하기 시작했다.

쉰여덟의 인원을 상대로 몬스터 백여 마리가 덤벼들었다.

초반에는 어스 부대의 압도적인 승리였다.

단 한 명의 부상자도 없이 몬스터 서른 마리 정도를 처리한 것이다.

하지만 그것은 말 그대로 전초전이었을 뿐이고, 달려든 몬스터도 하급뿐이었다.

고작 붉은색 등급과 주황색 등급, 노란색 등급까지의 몬스터로 이루어진 서른 마리의 무리를 사냥한 것이다.

그 뒤에 곧바로 두 번째 전투가 시작되었다.

이번에는 초록색 등급과 파란색 등급의 몬스터가 무리를 지어서 몰려들었다.

그 숫자가 또 서른이었다.

하지만 이번에는 전과 사정이 달랐다.

몬스터들의 등급도 올라갔지만 무엇보다 몬스터들의 움직임이 지능적으로 변했다.

몬스터들은 사방에서 덤볐지만 한 번에 한 마리가 덤비는 경우는 없었다.

언제나 둘, 혹은 셋 이상이 짝을 지어서 협공을 했고, 부상을 당한 몬스터는 곧바로 후방으로 빠졌다.

그러다 보니 일격에 몬스터를 처리하지 못하면 몬스터의 숨통을 끊기가 어려웠다.

부상당한 놈은 뒤로 빠지고 팔팔한 놈이 달려들면서 부상당한 놈이 회복할 시간을 만들어주었다.

그런 식의 전투가 반복되면서 어스 부대원의 피해가 쌓이기 시작했다.

만약에 세현의 앙켑스가 없었다면 벌써 몇 명은 죽었을 것이다.

그나마 몸의 회복력을 올려주는 기운을 상승시키는 앙켑스 덕분에 정신을 잃더라도 목숨을 잃지 않을 수 있었다.

일격에 목숨을 잃지 않으면 어떻게든 세현의 앙켑스가 목숨

줄을 이어주었다.

이후로 장기간 치료가 필요할지는 몰라도 당장 죽지 않은 것만도 다행스러운 일이다.

"돕지 않을 생각인가?"

호올이 세현을 보며 물었다.

"돕다니?"

세현이 무슨 소린지 모르겠다는 표정으로 호올을 쳐다봤다.

"나는 알 수 있다. 앙켑스가 약하다. 제대로 된 위력이 아니다."

호올이 세현을 똑바로 쳐다보며 말했다.

하지만 호올의 목소리는 크지 않아서 전투로 정신없는 다른 사람들이 들을 수 없는 크기였다.

"뭐, 이곳 분쟁 지역의 이면공간에서는 내 능력도 제대로 통하지 않는 모양이지. 나도 지금 방법을 찾으려고 무척 노력하는 중이라고."

"믿을 수 없지만 그렇게 우긴다면 나도 어쩔 방법이 없다."

호올은 세현을 보며 그렇게 말하곤 입을 다물었다.

의심은 가지만 증거가 없으니 어쩔 수 없다는 표정이 역력했다.

"사실 그것도 그렇지만 나는 지금 최대한 힘을 비축해 놓아야 한다."

세현이 심각한 표정으로 호올을 보며 말했다.

세현의 목소리도 낮고 작았다.

"뭐냐? 뭐가 있는 거냐?"

호올이 세현을 보며 물었다.

"이 몬스터들을 움직이는 놈, 지금 등장하는 몬스터만 하더라도 초록색과 파란색이다. 그런데 저쪽에 마흔 마리 정도의 몬스터가 모여서 움직이지 않고 있어."

세현이 걱정스런 표정으로 한쪽을 가리켰다.

"음, 지금 왔다 갔다 하는 놈들의 수가 열 마리 내외로 줄었으니 곧 저쪽에 있다는 놈들이 움직이겠네?"

호올이 세현이 가리킨 방향을 쳐다보며 말했다.

"그것들 등급이 남색 등급이면 정말 곤란하다."

세현이 어두운 안색으로 말했다.

"그래서 힘을 비축한다는 거냐? 그 힘으로 뭘 하겠다는 거지?"

"당연히 도망쳐야지. 상대가 안 될 놈들과 죽자고 싸울 이유가 있나?"

"그럼?"

"귀환에 필요한 시간을 벌려면 힘을 아낄 필요가 있다는 거다."

"흐음, 그렇군. 옳다. 끝까지 싸우는 것만이 최선은 아니다. 나는 너의 생각에 동의한다."

호올은 세현이 도망치기 위해서 힘을 비축하고 있다는 말에 적극적인 지지를 보냈다.

"그렇다고 무조건 도망을 치겠다는 건 아니야. 감당할 수 있는 수준이라면 끝까지 가볼 생각이니까."

하지만 세현은 무조건 도망을 갈 생각은 아니란 사실을 분명하게 했다.

"그래, 알았다."

호올은 그렇게 대꾸하고는 다른 두 호올이 있는 반대쪽 방어선으로 내려갔다.

멀리서 다시 몬스터들이 다가오고 있는 것이 보인 것이다.

"전투 준비! 준비해!"

"몬스터가 몰려온다! 썅!"

"뭐 해? 여기 자리가 비었잖아!"

"새꺄, 거긴 비었잖아! 아까 후송 간 거 몰라?"

"아씨, 그럼 좀 당겨! 너무 비었잖아!"

"온다! 모두 긴장해!"

투황! 투황! 투화황! 투투투투투황!

몬스터들이 닿기 전에 팀 미래로의 원거리 공격이 먼저 쏟아지기 시작했다.

그리고 그전부터 본대의 이춘길은 화살을 날리는 중이었다.

Chapter 7

어스 부대, 폴리몬을 만나다

'첫 의뢰부터 만만치 않다.'

세현은 몰려오는 몬스터들을 보며 그렇게 생각했다.

몬스터들의 두 번째 공격까지는 어떻게든 막아냈다.

그런 와중에 부상자가 두 명이 더 늘었지만 아직까지 사망자
는 없었다.

하지만 세 번째 공격은 앞서의 공격과는 달리 마흔 마리가
넘는 몬스터가 동원되었고, 그중에 파란색 등급의 몬스터 비율
도 높았다.

이전 공격에서 초록색 등급이 스무 마리에 파란색 등급 열
마리 정도의 비율이 파란색 등급 서른에 초록색 등급 열 마리

정도로 바뀐 것이다.

거기다가 몬스터들의 지능적인 공격 방법은 여전히 유효했다.

상처를 입은 놈은 뒤로 물러나고 멀쩡한 놈이 협공으로 부대원들을 공격했다.

물론 이쪽에서도 약간의 수적인 우세를 앞세워서 이리저리 막아내고 있기는 하지만 정작 몬스터의 개체수를 줄이지는 못하고 있었다.

'이놈이 문제란 말이지.'

거기다가 세현은 아직까지도 미니맵으로만 파악되는 다섯 마리의 몬스터 때문에 제대로 싸우지도 못하는 상황이었다.

세현은 움직이지 않고 있는 다섯 개의 붉은 점 중에 마가스나 폴리몬이 있다고 확신했다.

그것은 지금 어스 부대를 공격하고 있는 몬스터들의 행동만 봐도 알 수 있었다.

멍청한 몬스터가 본능적인 움직임을 줄이고 훈련 받은 듯이 움직일 수 있는 것은 그들을 지휘하는 존재가 있을 때만 가능한 이야기다.

그것이 특이 몬스터가 되었건 아니면 한 번도 본 적 없는 폴리몬이 되었건 간에.

투황! 투황! 피잉! 피잉!

콰과광! 타타다당! 츠리릿!

쿠아앙! 키레레레렉 쿠롸롸! 크렁! 끼에에엑!

짐승이나 곤충 형태의 몬스터도 있고 인간처럼 이족보행을 하는 것들도 있었다.

하지만 그것들이 아무리 떠들어도 이쪽과 의사소통이 될 수는 없었다.

당연히 몬스터들도 인간의 말을 알아듣지 못하니 남은 것은 몸과 무기, 뜨거운 숨결, 땀, 피로 나누는 대화뿐이다.

서로의 몸에 크고 작은 상처를 남기며 어떻게든 숨통을 끊어 놓겠다는 의지가 사방에서 난무했다.

호올은 세 명으로 분열한 상태로 이리저리 날뛰고 있고, 세현 곁을 지키던 본대 대원들도 이미 전방의 방어선에 가 있다.

세현의 곁을 지키는 것은 궁수인 이춘길과 포레스타 노인인 메콰스뿐이었다.

메콰스는 세현에게 좋은 조언자의 역할을 할 수는 있어도 강한 전사는 아니었다.

메콰스 노인은 초록색 등급의 몬스터 한 마리도 상대하기 어려운 무력을 지니고 있었다.

포레스타 종족 사이에서 태어난 메콰스 노인은 이동의 자유를 가지긴 했지만 강력한 무력이 없었다.

"이봐, 대장! 뭔가 해볼 수 없어?"

"젠장! 이러다간 전멸하게 생겼다고!"

존슨과 압둘라가 세현 쪽을 보며 고함을 질렀다.

방어선은 점점 뒤로 밀리는 중이고 어스 대원들은 힘에 부친 모습이 역력했다.

"결국 이길 수가 없다는 건가?"

세현이 혼잣말처럼 중얼거렸다.

"전력의 차이가 제법 됩니다. 지금까지 버틴 것도 다행입니다."

메콰스가 세현의 말에 대꾸했다.

"춘길 씨 생각은 어떻습니까?"

세현의 시선이 활시위를 당기고 있는 이춘길에게 가 닿았다.

선이 굵은 이춘길의 얼굴에는 땀이 가득했다.

그의 화살이 떨어진 것은 오래전이다.

화살이 없이도 활시위를 당기는 것은 에테르를 이용해서 화살을 대신할 수 있는 능력이 그에게 있기 때문이었다.

"어렵습니다. 저것들이 아주 지능적으로 몸을 사리고 있습니다. 제 공격은 어떻게든 급소를 피하고, 상처를 입으면 다른 놈들이 몸으로 쓰러진 놈을 가립니다. 그 때문에 놈들의 수를 줄이는 것이 쉽지 않습니다."

사실상 방어만 해서 이길 수 있는 싸움이 아니었다.

그나마 이쪽에서 몬스터들의 숨통을 끊어놓는 최고의 패는 이춘길이었다.

그의 활 공격은 위력이 강력해서 몬스터들의 마지막 숨통을 끊기에 적당했다.

하지만 이춘길의 공격 말고는 부상을 입고 뒤로 빠지는 몬스터들을 제대로 공격할 수 있는 수단이 없었다.

안타깝게도 팀 미래로가 지니고 있는 원거리 공격 수단은 이미 탄을 모두 소비한 상태였다.

원거리 공격 수단의 탄은 에테르 주얼을 이용해 공격하는 방식이었는데, 탄이 다 떨어진 상태에서 팀 미래로의 헌터들이 그들의 기운으로 탄을 만들어 공격할 경우 그 충전 시간이 너무 오래 걸렸다.

돌비틀 종족은 앞에서 몬스터를 붙잡아주는 돌비틀이 있기 때문에 문제가 없었지만 팀 미래로는 여유롭게 에테르를 충전할 수가 없었다.

그래서 어쩔 수 없이 검이나 창, 도끼 같은 근접 무기를 들고 싸우고 있는 중이었다.

그러니 제대로 된 원거리 공격을 할 수 없는 어스 부대는 뒤로 빠지는 상처 입은 몬스터를 처리하지 못하고 있었다.

그렇게 되자 뒤로 빠진 몬스터는 시간이 조금만 흘러도 특유의 회복력으로 상처를 극복하고 다시 전투에 참가했다.

'내가 끼어들면 어떻게 될까? 적극적으로 앙켑스를 사용하면?'

세현은 갈등하고 있었다.

눈앞에 보이는 몬스터는 어떻게든 세현이 적극적으로 공격하면 해결될 것 같았다.

하지만 미니맵에 보이는 다섯 개의 움직이지 않는 붉은 점이 세현을 주저하게 만들었다.

'어쩔 수 없겠네. 굉장하고 대단한 우리 '팥쥐'의 도움이 필요하다.'

[음? 음! 난 지금도 훌륭하게 하고 있어. 음음!]

'그래, 알아. 하지만 지금은 굉장한 능력이 필요해. 굉장하고 굉장하고 또 굉장한 능력!'

[음? 그렇게 해? 정말? 대단한 건 필요 없어? 음음. 대단히 대단하고 또 대단해! 그건 필요 없어?]

세현은 '팥쥐'가 보내는 의지에서 과거와는 많이 다른 뭔가를 느꼈다.

그리고 '팥쥐'가 저번 스페코머마의 창고에서 나온 남색 등급의 에테로 주얼과 파란색 등급의 코어를 흡수했다는 사실을 깨달았다.

콩쥐도 몇 개의 코어를 흡수해서 능력이 비약적으로 늘었다.

그 덕분에 어스 부대 전체를 한꺼번에 이동시키는 것이 가능해진 콩쥐였다.

하지만 정작 '팥쥐'의 능력에 어떤 변화가 있는지는 확인하지 않은 세현이다.

'팥쥐'도 새로운 능력이 생겼다는 이야긴 하지 않았다.

그저 더 굉장하고 대단하고 훌륭해졌다고 했을 뿐.

'좋아, 그럼 한번 볼까, 대단히 대단하고 대단해진 그거?'

[음! 좋아, 좋아. 뭐로 할까? 음?]

'번개!'

[세현은 그게 제일 좋아? 음음. 그럼 번개! 대단히 대단하고 또 대단한 번개야. 음음.]

우우우우웅!

'꽅쥐'의 말이 끝나는 것과 동시에 세현의 앞쪽으로 마법진들이 허공에 드러나기 시작했다.

중앙에 하나의 둥근 마법진이 있고 그와 같은 모양의 마법진 여섯이 주변을 두르고 있는 형태이다.

"오호? 그건 번개를 쏘는 마법진입니까?"

메콰스가 마법진을 보자마자 그 기능을 파악해 냈다.

"그냥 후퇴하긴 좀 그렇지 않겠습니까? 일단 해볼 수 있는 건 해보려고 합니다."

세현이 메콰스의 말에 대답하는 사이 준비가 끝난 '꽅쥐'의 공격이 시작되었다.

[음! 공격! 공격! 콩쥐, 잘해! 못하면 혼나!]

'꽅쥐'가 콩쥐를 구박하며 공격 명령을 내렸다.

마법진을 만들고 그 마법진에 에테르를 공급하는 것은 '꽅쥐'의 능력이지만 마법진을 운용해서 사용하는 것은 콩쥐의 임무였다.

[잘못해! 빗나가! 너, 혼나!]

파지지직! 파지직! 파지직! 파직! 파직! 파직!

중앙에 있는 마법진 하나는 번개를 쏟아내지 않고 주변을 둘러싼 여섯 개의 마법진이 연달아 번개를 쏘았다.

크아앙! 키에에엑! 쿠콰락!

처음에는 조금 느렸지만 금방 초당 세 발 정도의 속도로 번개가 몬스터들에게 쏟아지기 시작했다.

그러자 몬스터들의 진영이 삽시간에 혼란스러워졌다.

번개에 맞아서 충격을 받은 것도 문제지만 번개에는 잠깐씩의 경직 효과도 있었다.

그러다 보니 몬스터들의 유기적인 움직임에 문제가 생기기 시작한 것이다.

피이잉! 콰직!

그런 허점을 이춘길은 놓치지 않았다.

그의 화살은 움직임이 더뎌진 몬스터의 급소, 몬스터 패턴을 정확하게 파고들었다.

거기다가 에테르로 만들어진 이춘길의 화살은 몬스터의 체내에서 폭발을 일으키는 2차 효과도 있었다.

여기저기에서 몬스터들이 이춘길의 공격에 쓰러지기 시작했다.

"이러면 나도 가만있을 수 없잖아!"

아시아 팀의 팀장인 주영휘가 움직인 것은 그때였다.

그의 모습이 사라지더니 부상을 입고 물러나는 몬스터의 머리 위에 나타났다.

그리고 동시에 그의 검이 몬스터의 머리에 있는 몬스터 패턴의 중앙을 정확하게 찌르고 들어갔다.

콰드득!

츠릿!

그는 몬스터의 머리에 박힌 검을 몸을 날리는 반동을 이용해서 뽑아내더니 다시 순식간의 아시아 팀원들이 있는 방어선 안쪽으로 돌아왔다.

"우와! 팀장님 멋집니다!"

"하이! 하아! 이건 연속으로 쓰면 무리가 온다고! 젠장!"

주영휘는 그렇게 투덜거리면서도 뿌듯한 표정을 감추지 못했다.

그래도 제법 괜찮은 퍼포먼스였다고 자찬하는 중이다.

"순간이동인가? 각성 능력인 모양이군."

세현이 그 모습을 눈에 담으며 말했다.

"꽤나 유용하겠습니다. 기습은 물론이고 도주에도 좋겠군요."

이춘길이 부럽다는 듯이 말했다.

궁수인 그에게 거리를 확보하는 것은 무척이나 중요했다.

그에게 주영휘와 같은 이동 능력이 있었다면 그의 궁술이 몇 배는 더 빛날 것이다.

"몬스터보다는 사람을 상대할 때 유용한 능력으로 보이기도 하는군요."

세현이 그런 춘길에게 의미심장한 말을 던졌다.

"확실히 그럴 것 같습니다. 에테르 실드가 없다면 주영휘 팀장의 공격은 치명적일 수 있겠군요."

이춘길도 세현의 말뜻을 알아듣고 인상을 굳혔다.

파지직! 파직! 파직! 파직! 피잉! 피잉! 피잉!

하지만 그런 사이에도 세현의 마법진은 번개를 계속해서 쏟아냈고, 이춘길의 활도 쉬지 않고 화살을 쏘아냈다.

쿠아앙! 털썩!

키에에에에! 쿠어어어!

주영휘의 순간이동과 공격은 사람들의 시선을 잡았지만 실제로 몬스터들의 숨통을 끊어놓고 있는 것은 이춘길이었다.

죽어가는 대부분의 몬스터는 이춘길의 공격에 의한 것이었다.

물론 다른 부대원들이 몬스터를 방어하고 또 상처를 입히는 공을 무시할 수는 없었다.

어쨌건 세현이 끼어들면서 몬스터들이 빠르게 정리되기 시작했다.

쿠콰콰콰콰콰!

쿠어어엉!

전세가 기울어지기 시작하고 얼마 지나지 않아서 드디어 세현이 걱정하고 있던 다섯 개의 붉은 점이 움직였다.

그리고 그 첫 변화는 끈질기게 이어지던 몬스터들의 공격이 멈추고 일정 거리를 물러나 어스 부대와 대치하기 시작했다는 것이다.

그런 몬스터들 뒤쪽으로 다섯 개의 점으로 보이던 존재들이 나타났다.

"마가스 넷에 폴리몬 하나인 것 같습니다."

메콰스가 새로 나타난 다섯을 보며 세현에게 말했다.

"마가스 넷에 폴리몬 하나라면 저 중앙에 있는 저 녀석이 폴리몬이라는 겁니까?"

"인간과 거의 구별이 되지 않는 외형에 복장을 완벽하게 갖추고 있지 않습니까. 더구나 곁에 있는 마가스들이 그를 호위하고 있는 것으로 봐선 거의 확실합니다."

메콰스가 폴리몬이라 지목한 대상을 노려보며 말했다.

그런데 바로 그때, 폴리몬이라 지목한 존재가 어스 부대를 향해 고함을 질렀다.

"그쪽 부대장이 누구냐? 제법 능력이 있구나! 죽이기 전에 기억해 주마! 앞으로 나서라!"

"우와, 말을 한다!"

"폴리몬이 이성을 지닌 놈들이라고 했잖아. 그러니까 이면공간 시스템이 통역을 해준 거 아닐까?"

"그게 문제냐, 지금 몬스터랑 대화하게 생겼다는 것이 문제지? 이건 돌아가서 말해도 믿어주지 않을 것 같다."

"몬스터와 대화? 그러고 보니 그러네? 저것도 따지고 보면 몬스터잖아?"

어스의 대원들은 폴리몬의 말뜻을 알아듣는 순간부터 어수선하게 떠들었다.

하지만 그런 중에도 적에 대한 경계는 늦추지 않았다.

세현은 그런 대원들의 모습에서 그들이 조금씩 감을 찾아가고 있다고 느꼈다.

"조용!"

세현이 언덕 위에서 대원들을 조용히 시켰다.

그리고 폴리몬을 노려봤다.

'기생오라비같이 생긴 놈이군.'

세현이 처음 보는 폴리몬에 대한 첫인상의 느낌이다.

폴리몬 바시샤우

"죽이기 전에 기억을 해준다고? 하하하, 아주 기고만장하구나! 어디 한번 죽여 봐라! 그럴 수 있다면!"

세현의 목소리는 에테르를 담고 은은하게 울려 퍼졌다.

소리와 에테르가 잘 조화를 이루어서 거부감이 없는 소리 전달이었다.

세현이 스스로 에테르를 다루는 능력을 내세워서 무력시위를 한 것이다.

"네가 대장인 모양이로구나. 하긴 제법 잔재주가 있어 보였다.

하지만 그것도 끝이구나. 너를 죽여서 우리의 전쟁에서 작은 공이라도 세우게 되었으니 이곳까지 온 보람이 있다. 잘 버텨보거라. 그리고 혹시 죽은 후에 누구에게 죽었는지 궁금할까 알려주마. 나는 바시샤우라 한다."

바시샤우는 호리호리한 몸매에 군더더기 없이 깔끔한 얼굴선을 지닌 미남이었다.

그래서 세현의 첫인상이 기생오라비였던 것이다.

그런 바시샤우는 손에 1m 남짓한 지팡이 하나만 들고 따로 무기를 가지고 있지 않았다.

착용하고 있는 복장도 얇은 가죽으로 만들어진 것으로 갑옷이라기보다는 캐주얼한 정장을 연상시켰다.

전투에 나선 것이 아니라 마치 나들이라도 나온 것 같은 복장이 더욱 세현의 기분을 나쁘게 만들었다.

"그다지 능력이 뛰어난 것 같지도 않은데 뭐가 저렇게 건방져?"

세현이 중얼거리자 곁에 있던 이춘길도 고개를 갸웃거렸다.

"대장님도 그렇게 느끼셨습니까? 제가 느끼기에도 파란색 등급의 일반 몬스터보다 약간 강한 정도밖에는 안 되는 것 같습니다."

"저도 그렇게 느끼고 있으니 어쩌면 저놈, 정말로 그 정도 능력밖에 없는 거 아닐까요?"

세현이 이춘길을 보며 말했다.

"허허, 그럴 수도 있습니다. 원래 폴리몬은 지배 계층으로 마가스나 몬스터를 부리는 위치에 있지요. 그렇기에 군이 폴리몬은 강해야 할 필요가 없습니다. 그들은 태어날 때부터 마가스와 몬스터를 지배하도록 되어 있으니까요."

메콰스가 세현과 이춘길의 추측에 신빙성을 더해주었다.

"그럼 문제는 저 네 마리의 마가스인가?"

"그렇겠습니다. 무척 강한 것 같습니다."

이춘길도 폴리몬의 곁에 있는 마가스들을 볼 때는 긴장감이 역력했다.

쿠롸롸롸롸! 쿠아앙!

폴리몬 바시샤우의 옆에 있던 마가스 한 마리가 커다랗게 포효를 터뜨렸다.

개구리의 입을 가지고 있는 도마뱀 머리에 사자의 다리를 지닌 몬스터였는데 입을 벌리고 포효를 터뜨리자 주변의 대기가 일제히 떨어 울릴 정도로 소리가 컸다.

그리고 그 포효에 따라서 지금까지 물러나 있던 몬스터들이 다시 공격을 시작했다.

그리고 포효를 터뜨린 마가스 한 마리를 제외한 세 마리의 마가스 역시 어스 부대를 향해 달려왔다.

"그래, 어디 해보자!"

세현은 지금까지 사용하던 것과는 달리 최선을 다한 앙켑스를 마가스와 몬스터들을 향해 뿌렸다.

그리고 그와는 별개로 세현의 앞쪽에 형성되어 있던 마법진에서 번개가 다시 쏟아져 나오기 시작했다.

파직! 파직! 파직! 파지지지직!

"막아!"

"조심해! 모두 파란색 등급 몬스터야! 거기다가 늦게 나온 놈들은 마가스야! 파란색 몬스터보다 훨씬 강해!"

"젠장! 징글징글하네."

파캉! 카강! 콰드득! 푸직!

"크악! 파, 팔!"

"빌어먹을! 앙리! 물러나!"

"으아악! 내 팔! 이 개새끼! 죽인다!"

"지랄하지 말고 물러나라니까! 그러다가 완전히 잘리면 여기선 복구도 어려워!"

왼쪽 팔이 너덜너덜해져 뼈가 드러난 유럽 팀의 앙리가 이성을 잃고 폭주하려는 것을 곁에 있던 동료가 겨우겨우 말려서 뒤로 빼냈다.

앙리는 재빨리 세현이 있는 곳으로 달려왔다.

"이거 좀 어떻게 해주십시오. 당장 가서 싸울 수 있도록 고통만 없애줘도 됩니다."

앙리가 세현에게 뼈가 드러난 팔을 내밀었다.

세현은 그런 앙리에게 진통 기능이 있는 엔도르핀을 잔뜩 만들어내도록 앙켑스를 뿌려줬다.

"우와, 이건 완전히 뿅 맞은 것 같은데요? 하나도 안 아프고 말입니다."

"잠깐 기다려!"

곧바로 방어선으로 가려는 앙리를 세현이 불러 세웠다.

그리고 다시 앙리에게 앙켑스를 시전해서 생명력을 북돋워줬다.

"한동안 팔이 괴사하는 일은 없을 거야. 하지만 치료가 된 것은 아니니까 조심해서 다뤄. 나중에 제대로 된 치료를 받지 못하면 팔을 잃을 수도 있어."

"까짓, 그러면 돌아가서 복원 수술이라도 받으면 되죠, 뭐. 요즘 팔다리 없어졌다고 어디 큰 문제가 됩니까? 다시 만들어 붙이면 되는 거지요. 뭐 단련을 처음부터 다시 해야 한다는 것이 함정이지만, 그 정도야 감수해야죠. 으하하, 기다려라 몬스터 놈들아! 내가 간다!"

앙리는 고함을 지르며 다시 방어선으로 달려가 몬스터를 상대하기 시작했다.

그가 들고 있는 무기는 손잡이가 짧고 날이 커다란 도끼였다.

'파이팅이 넘치는군. 그나저나 꽤나 저항이 심한데?'

세현이 슬쩍 인상을 찌푸렸다.

지금 세 마리 마가스와 일반 몬스터들은 모두가 세현의 앙켑스에 당해 있는 상태였다.

그런데 마가스들은 세현의 앙켑스에 대한 저항이 제법 거셌다.

'저 마가스 놈들을 집중적으로 공격해. 다른 몬스터는 대원들이 어떻게든 상대하겠지만 저 마가스를 풀어놓으면 희생이 크겠어.'

[음! 알았어. 콩쥐, 잘해! 음!!]

파지직! 파지지직! 파지지지지직!

[음! 그럼 이제 한번 대단히 대단한 걸 해보는 거야. 음음!]

콩쥐가 '팥쥐'의 구박에 응어리를 풀어내듯이 열심히 번개 다발을 쏟아내던 중에 '팥쥐'가 색다른 이야기를 했다.

그러자 콩쥐가 쏘아내던 번개가 조금씩 줄어들기 시작했다.

그리고 지금껏 쓰지 않던 중앙 마법진에 외부 여섯 곳의 마법진에서 만들어진 번개가 모여들어 하나로 뭉쳐 꼬이기 시작했다.

파스스스스슷, 자자자자작!

'이건 또 뭐야?'

[음. 대단하고 대단한 거! 콩쥐, 해!]

쿠아앙!

'팥쥐'의 대답과 함께 중앙 마법진에 모여 있던 번개가 엄청난 굉음과 함께 한 마리의 마가스를 향해서 쏘아졌다.

콰지지지직! 파지지직! 파지직!

"우와! 저거 봤어? 한 방이야!"

"엄청난데? 역시 대장. 뭔가 있다니까."

"저거 반칙 아냐, 파란색 등급 몬스터보다 강한 놈인데 한 방에 보내는 건?"

"지랄, 그래서 넌 그게 불만이냐?"

"무슨! 격하게 반기는 거지! 으하하하하!"

"잡담 그만 하고 몸들 사려! 어떻게든 버티면 대장님이 해결을 해주실 것 같으니까 말이야!"

"그럼, 그럼. 괜히 대장이 된 게 아니라니까."

마가스 한 마리가 통구이가 되었다.

인간형에 가까운 모습에 어깨와 꼬리에 파충류의 머리를 하나씩 더 달고 있는 마가스였는데 세현의 번개 한 방에 머리에서 발끝까지 숯이 되어버렸다.

[음. 잘해! 약해진 놈 먼저 공격하는 거야. 이번엔 칭찬. 음.]

'팥쥐'가 마음에 든다는 듯이 이례적으로 콩쥐를 칭찬했다.

[……]

오랜만에 콩쥐의 존재감이 슬며시 세현에게까지 느껴졌다.

[음? 혼나! 빨리 일해!]

하지만 곧바로 '팥쥐'에게 제압당해서 기척이 사라졌다.

그리고 다시 여섯 개의 마법진이 번개를 쏘기 시작했다.

'연속으로 쓸 수는 없는 모양이지?'

[음. 대단하고 대단하니까 할 수는 있어. 하지만 앙켑스에 약해진 놈 기다리는 것이 더 좋아. 음음.]

'하하, 그러니까 앙켑스에 약해져서 한 방에 보낼 수 있을 때까진 견제만 한다는 거구나?'

[음. 콩쥐도 배워. 음. 내가 표시해 줬어. 약한 놈들 집중 공격해! 음음.]

'팥쥐'의 말대로 미니맵에 색이 옅어진 몬스터를 집중적으로 공격하고 있는 콩쥐였다.

'괜찮아? 에테르 소비가 많을 텐데?'

세현이 '팥쥐'를 걱정했다.

지속적으로 마법을 쏘아내는 것이 쉬운 일은 아님을 세현도 알고 있었다.

[음. 할 수 있어. 난 굉장하고 대단하고 훌륭해! 음음.]

퍼버버벙! 퍼버벙!

그리고 그 순간 멀리 떨어져 있던 폴리몬의 공격이 어스 부대를 향해서 쏟아졌다.

짧은 지팡이를 휘둘러서 검붉은 색의 에너지 덩어리를 날려 보낸 것이다.

하지만 어스 부대엔 굉장한 '팥쥐'가 있었다.

'팥쥐'의 원거리 방어 실드가 어스 부대를 향해 날아오는 공격을 허공에서 하나하나 파훼했다.

[음. 난 굉장해에!]

'팥쥐'의 의지가 세현에게 전해졌다.

하지만 역시 '팥쥐'가 무리하고 있다는 느낌이 드는 세현이다.

힘들어하는 것이 느껴졌다.

"춘길 씨, 좌측에 있는 마가스를 집중 공격하십시오. 에테르 스킨이 많이 약해진 상태입니다."

세현이 옆에 있는 이춘길에게 공격 대상을 지정했다.

두 마리 마가스 중에서 앙켑스에 급속하게 무너지는 녀석을 이춘길에게 맡긴 것이다.

"알겠습니다."

이춘길이 입술을 깨물며 활시위를 당겼다.

그의 활에서 이전보다 훨씬 두껍고 선명한 화살이 만들어졌다.

패엥!

콰곽! 퍼버벙!

꾸에엑! 꾸롸롸락!

이춘길의 공격을 받은 마가스가 가슴의 몬스터 패턴에 커다란 상처를 입고 비명을 질렀다.

화살이 몬스터 패턴을 파고들어 안쪽에서 폭발한 탓에 상처가 컸다.

"허억! 허억! 아깝습니다."

이춘길이 아쉬움을 토로했다.

한 방에 마가스를 죽이지 못했으니 놈이 뒤로 도망가서 회복할 여유를 가지게 될 것이 분명했다.

벌써부터 그 마가스 앞으로 일반 몬스터들이 겹겹이 막아서는 모습이 보였다.

쿠에엑! 꾸에에엑!

하지만 이춘길이 하지 못한 마무리를 다른 사람이 대신했다.

주영휘였다.

그의 모습이 대열에서 사라지더니 마가스의 가슴 앞에 나타나 에테르를 가득 품은 검을 찔러 넣었다.

그리곤 곧바로 검을 뽑아 들고 방어선 안으로 돌아왔다.

방어선 안으로 돌아와서 흙바닥에 늘어져 버리긴 했지만 크게 한 건 했다는 것은 분명했다.

"우와! 팀장님!"

"역시 중국 최고의 천공무사답다니까! 하하핫!"

"수고했습니다. 최곱니다."

아시아 팀의 중국 출신들이 쓰러져 있는 주영휘에게 한마디씩 칭찬을 아끼지 않았다.

"이렇게 되면 우리가 유리해진 것 같지 않습니까?"

세현이 옆에 있는 메콰스를 보며 물었다.

"확실히 그런 것 같습니다. 다만 아직까지 저 바시샤우란 폴리몬 곁을 지키고 있는 마가스가 조금 불안하긴 합니다."

"확실히 폴리몬을 끝까지 떠나지 않는 걸로 봐서는 제일 강한 마가몬일 것 같기는 합니다만."

세현도 폴리몬과 마가스의 반응을 지켜보며 중얼거렸다.

지금도 폴리몬은 간혹 검붉은 에너지를 날리는 공격을 하고 있었다.

물론 그 공격은 어스 부대에 닿기 전에 '팥쥐'의 요격을 받아서 허무하게 사라지고 있는 중이다.

멀리 떨어져 있기는 하지만 세현은 바시샤우란 폴리몬의 인상이 구겨져 있는 것을 충분히 알 수 있었다.

마치 인간처럼 얼굴이 붉어져서 신경질적인 기색이 역력했다.

쿠롸롸롸롸롸! 쿠롸롸롸롸락!

폴리몬 옆에 대기하고 있던 마가스가 다시 한 번 포효를 터뜨렸다.

그리고 남아 있던 한 마리의 마가스와 몬스터들의 공격이 더욱 격렬해졌다.

"마지막 발악인가?"

"그렇게 보입니다."

메콰스가 세현의 말에 대꾸했다.

"그런데 어째서 저놈은 투입하지 않는지 이상하지 않습니까?"

세현은 아직도 움직이지 않는 한 마리의 마가스를 가리켰다.

그런데 그렇게 손가락질을 하는 세현의 모습에 폴리몬이 움찔 반응을 보였다.

"저거?"

"허허허, 세현 님도 보셨습니까? 아무래도 저 폴리몬은 경험이 없는 어린놈인 것 같습니다."

메콰스도 그 모습을 봤는지 웃음을 터뜨렸다.

"결국 저 마가스가 저기 있는 것은 자신을 지키기 위한 것이 겠군요."

"아무래도 그럴 것 같습니다."

"결론은 저것들은 일단 전력 외로 취급해도 된다는 것이로군 요."

세현은 어스 부대의 전투 상황을 보며 눈빛을 빛냈다.

승리가 눈앞에 있다는 강한 확신을 얻은 것이다.

투바투보의 신예(新銳) 어스 부대

전투에서 급작스런 상황 변화는 일어나지 않았다.

사실 수세에 처한 바시샤우가 호위 마가스와 함께 참전했다면 어떻게 되었을지 모른다.

하지만 바시샤우는 끝까지 어스 부대를 향해 달려들지 않았다.

"벌레들이 제법 재주가 있구나! 하지만 그 정도는 아무것도 아님을 알게 될 것이다! 오래지 않아 이 행성 전체의 인간들이 모두 나를 두려워하게 될 것이다! 크하하핫!"

바시샤우는 마지막까지 놈의 곁을 지킨 개구리 형태의 마가스의 등에 올라타고 그렇게 소리를 지르고는 나머지 마가스와 몬스터들을 모두 버려두고 필드 먼 곳으로 달려가 버렸다.

세현은 마음 같아선 쫓아가서 잡고 싶었지만 어스 부대의 상태가 그리 좋지 않았다.

부상자도 많았고 부상이 경미한 대원들도 지쳐서 비틀거리는 상황이다.

폴리몬인 바시샤우를 잡는다면 엄청난 공적을 쌓을 수 있겠지만 당장은 욕심보다 부대를 살피는 것이 우선이라 생각했다.

그렇게 바시샤우가 물러나고 남은 것은 언덕을 둘러싸고 쌓여 있는 몬스터들의 사체뿐이다.

"우와, 이거 엄청난데? 봐봐. 에테르 주얼이 많아. 보통 이 정도로 나오진 않잖아."

아프리카 중동 팀의 팀원 하나가 바닥에서 굴러다니는 에테르 주얼을 보며 탄성을 질렀다.

"많기는 뭐가, 대장님하고 사냥하면 이보다 배는 더 나와야 하는 건데. 대장님이 그 폴리몬인가 하는 것 때문에 전력을 아끼느라고 앙켑스를 덜 쓰셔서 주얼도 적은 거지."

하지만 세현과 오래 사냥을 해본 경험이 있는 팀 미래로의 대원은 심드렁한 표정으로 그것도 적은 거라고 핀잔을 주었다.

"그럼. 봐봐. 전투 후반에 죽은 놈들은 거의 대부분 주얼을 뱉었잖아. 이게 바로 대장님이 제대로 앙켑스를 쓸 때에 벌어지는 현상이라고."

거기에 팀 미래로의 다른 대원이 으쓱한 표정으로 끼어들며 참견했다.

"아무렴. 그래도 다행이지 뭐야. 파란색 등급 몬스터랑 마가스의 주얼을 얻었으니까 말이지."

마지막으로 팀 미래로의 팀장인 현필이 피곤한 얼굴에도 미소를 담고 말했다.

"그런데 이거 여기 상황을 보고하면 믿어주기는 할까?"

아시아 팀의 대원 하나가 자신도 믿어지지 않는다는 표정으로 주변을 살피며 동료의 옆구리를 찔렀다.

"걱정 없어. 내가 들었는데 우리 신분패가 꽤나 신통방통한 놈이어서 전투 상황도 관리본부에 증명해 줄 수 있다고 하더라고."

그 동료는 자신만만한 표정으로 그렇게 대꾸했다.

"그건 또 어디서 들었어?"

"어디서 듣긴, 우리 펜타곤에 함께 있는 다른 부대원들에게 들었지."

"펜타곤?"

"그냥 그렇게 부르는 거야. 우리가 있는 건물을 포함해서 다섯 개의 건물이 오각형을 이루고 있잖아. 그래서 그냥 그렇게 부르기로 한 거지."

"으아아, 싸움이 끝나고 나니까 온몸이 욱신거리고 아프다. 그런데 이거 부상자 치료는 어떻게 하지?"

"관리본부에 가면 알 수 있지 않을까?"

"그건가? 야야, 뭐 해? 빨리 좀 움직여! 저거 치워봐! 밑에 몬스터 사체가 또 있잖아! 거기, 주얼 안 보여? 다른 건 몰라도 주얼은 챙겨!"

"야, 마가스도 챙겨. 몬스터 사체가 별로 환영 받지 못하는 곳이지만 마가스 사체는 귀하다고."

"그래, 알았다, 알았어. 원, 뭔 잔소리가……."

싸움이 끝난 것을 드디어 자각했다는 듯이 어스 부대원들의 잡담이 늘어나기 시작했다.

세현은 그런 대원들의 모습에 슬쩍 미소를 지었다.

"허허허, 좋으신 모양입니다."

메콰스 노인이 곁으로 다가왔다.

"죽은 사람이 없다는 것만으로도 충분히 웃을 일입니다. 사실 상황 파악만 하고 물러났어야 하는 것이 아닌가 걱정이 많았습니다."

"그렇습니까?"

"사망자가 나왔다면 제 선택을 크게 후회했을 겁니다."

"하지만 이번 전투는 팀장들의 결정, 더 나아가서는 부대원들의 결정이 아니었습니까. 세현 님의 책임이 아닌 것 같습니다만."

메콰스는 세현이 너무 자신을 몰아세우는 것이 아닌가 하는 표정으로 말했다.

"제가 대장 아닙니까. 어스 부대의 대장. 그러니 부대에 대한 결정권이 저에게 있다는 거지요. 제가 강력한 상명하복을 강조

했으니 당연히 부대에서 일어난 일에 대한 책임도 제가 져야 하는 거지요. 이번 전투도 제가 끝까지 반대했다면 이루어지지 않았을 전투니까요."

"흐음. 그렇게 생각할 수도 있겠군요. 그나저나 이젠 복귀해도 될 것 같습니다. 대충 전장 정리가 끝난 것 같으니 말입니다."

세현은 메콰스의 말에 주변을 살폈다.

사실상 전장 정리라고 할 것도 없었다.

세 마리의 마가스 사체를 해체해서 짊어지고 몬스터들과 마가스에게서 나온 에테르 주얼을 챙기면 끝이었다.

"모두 모여라! 이만 복귀하겠다!"

세현이 부대원들을 집합시켰다.

"귀환해도 되겠나?"

세현의 시선이 다섯 명의 팀장에게로 향했다.

팀장들은 자신들의 대원을 확인하고 고개를 끄덕였다.

"준비 끝났습니다."

"귀환해도 됩니다."

"그렇습니다."

다들 세현의 물음에 대답했고, 마지막으로 세현은 한쪽에 정신을 잃고 쓰러져 있는 다섯 명의 부대원에게로 향했다.

"그럼 일단 아메리카 팀이 먼저 귀환해서 대기해라. 그 후 곧바로 여기 부상자를 귀환시키겠다."

"알겠습니다. 자, 모두 귀환해!"

존슨 팀장이 아메리카 팀을 이끌고 먼저 귀환했다.

그리고 뒤를 이어서 세현이 부상자 다섯을 귀환시켰다.

부대의 상급자만이 정신을 잃은 하위 부대원을 그들의 신분증을 이용해서 귀환시킬 수가 있었다.

그래서 세현이 부대원을 귀환시킨 것이다.

"그럼 우리도 돌아가자. 귀환!"

세현이 다시 한 번 필드를 둘러보고는 부대 전체의 귀환을 명령했다.

그렇게 어스 부대의 첫 의뢰가 마무리되었다.

＊　　　＊　　　＊

마가스 셋에 파란색 등급 몬스터 마흔 마리, 초록색 등급이 또 서른 이상이고 나머지 하위 몬스터까지 합치면 백여 마리가 넘는 전과.

어스 부대의 소문이 개미지옥 전체에 조금씩 퍼졌다.

사실 어스 부대가 잡은 마가스와 몬스터가 굉장히 많은 숫자는 아니었다.

하지만 그 당시에 폴리몬과 마가스 한 마리가 더 있었다는 것이 중요했다.

분쟁 지역 전투에 익숙한 이들은 폴리몬의 존재 유무가 몬스터들의 전력에 얼마나 지대한 영향을 끼치는지 잘 알고 있었다.

쉰여덟 명의 부대원으로 폴리몬이 지휘하는 마가스 셋, 파란색 등급 몬스터 마흔, 초록색 등급 서른을 상대했다는 것은 굉장한 일이었다.

비록 폴리몬과 마가스 한 마리는 전투에 직접 참가하지 않고 또 전투 후에 포획이나 사살을 하지도 못했지만 그것까지 바랄 수는 없는 일이었다.

폴리몬과 마가스 한 마리를 놓친 것을 문제 삼는 사람은 어디에도 없었다.

그 정도 인원의 부대로 그만한 전과를 올렸으면 차고 넘친다는 평가였다.

그렇게 어스 부대는 투바투보 개미지옥 전장의 화제가 되었다.

"이거 봐! 점수가 120점이 넘어. 크하하하!"

"난 137점이다. 찌그러져라!"

"고만고만한 것들이 지금 뭐 하는 거냐?"

"그러는 넌? 어디 봐. 뭐야, 67점? 이게 점수냐? 쿠헤헤헤헤!"

"병신, 원래 내 점수가 158점이었거든?"

"응? 근데 왜 67점밖에 없는데?"

"우후후후, 너희가 가보기나 했냐, 그 환상의 마르지 않는 샘을?"

"음? 마르지 않는 샘? 야, 거기 술집이잖아!"

"아니지. 술집이 아니라 여자가 있는 술집이지. 쿠헤헤헤!"

"미친, 그래서 거기다가 점수를 꼴아 박았다는 거냐?"

"그게 뭐? 솔직히 나 그때, 이제 죽는구나 싶었거든? 그런데 딱 떠오르는 게 그거였어. 내가 정말 그걸 한번 끝장나게 해봤어야 하는 건데 하는 후회."

"그래서 치료를 받자마자 곧바로 술집으로 달려갔다는 거냐?"

"응!"

"그런데 거기 괜찮냐?"

"우헤헤헤헤! 가봐. 가보면 알아. 지구랑 비교가 안 되는 걸 알 수 있지. 정말 다양한 여자들이 있어서 선택의 폭이 어마어마하지. 우후후후."

"지랄을 한다. 이종족 여자랑 그러고 싶냐?"

"부러우면 부럽다고 해라. 너 지금 엄청 부러워하고 있는 거 다 보이거든?"

"지랄, 나도 점수 있어! 가려고만 하면 얼마든지 갈 수 있다고!"

"그럼 가시던가. 흐흐흐."

"미친놈. 거길 가느니 무기나 방어구를 사겠다. 그게 아니면 통행증을 사거나 천공기를 구하거나."

"점수가 되기나 하냐?"

"모아야지. 너처럼 구멍에 쓸어 넣다가 언제 그것들을 장만하냐? 그리고 100점 정도면 쓸 만한 무기는 구할 수 있을 거라던데? 중고로 구하면."

"음, 그래? 음, 내가 너무 헤프게 썼나? 뭐 다음에 점수 얻으면 모아야지. 이번에는 특별한 경우였다고. 죽다 살아나니까 어쩔 수가 없더라고."

"하긴, 그래서 대장도 자유 시간을 준다고 하긴 했지. 알아서들 풀라고 말이야."

"근데 팀장이나 대장은 점수가 얼마나 되는 거야? 거 아시아 팀장인 주영휘 팀장은 500점이 넘는다고 한 것 같던데."

"그거 마가스 한 마리 숨통을 끊은 것 때문에 추가 점수가 컸다고 하더라고. 그래서 그런 점수가 나왔다던데?"

"그럼 그 본대에 활 쏘는 그 사람은? 솔직히 몬스터 숨통 끊은 걸로 치면 그 사람이 제일 많잖아."

"모르지. 점수를 보여주지 않으니까."

"거기다가 대장도 점수가 꽤 높지 않을까?"

"모르지. 의뢰에 공헌도를 따져서 점수를 나눴다고 하는데 대장의 공헌도를 알 수가 있나."

"아무튼 그 둘도 주영휘 팀장 정도는 되지 않을까?"

"그렇겠지. 그 때문에 다른 팀장들 잔뜩 뿔났잖아. 이번에 설렁설렁했다가 완전히 코가 부러진 거지."

"솔직히 열심히 하기는 했는데 감추고 드러내지 않은 것이 있어서 눈총을 좀 받긴 했지. 주영휘 팀장이 각성 능력을 그렇게 사용했으니까 말이야."

"그래서 문제지. 팀장들도 각성 능력 좀 쓰라고 눈치들을 팍팍 주고 있으니까 말이야."

"팀 미래로만 신났지. 헌터 출신이라 각성 능력이 없으니까. 거기다가 이번에 그 팀이 평균 점수는 제일 높을걸."

"그 무기, 원거리 공격으로 몬스터를 제법 잡았잖아. 그래서 그렇지, 뭐. 이번에 그 무기에 쓰는 탄을 더 준비한다고 하더라고. 자체 충전되는 거라서 비싸긴 한데, 관리본부에서 만들어 줄 수 있다고 한 모양이더라고."

"다행이네. 그럼 우리 부대의 전력이 더 강해지는 거잖아. 그럼 좋은 거지, 뭐."

"좋기는 좋은데, 우리 팀이 그만큼 밀리게 된다는 것이 문제지. 이번엔 팀 미래로하고 아시아 팀이 제일 주목 받았잖아."

"뭐 본대 빼곤 그렇지. 솔직히 제일 점수가 높은 쪽은 대장을 빼고 계산해도 본대가 아닐까?"

"실력들이 대단했지. 그 활 쏘는 사람 말고도 호올이라고 한 이종족도 세 사람 몫을 했고, 다른 대원들 실력도 상위권이었고 말이야."

"자자, 그만 떠들고 나가서 수련이나 좀 하자. 요즘 우리 부대원이랑 대련하려는 놈들이 쌓여 있다더라. 한바탕 땀을 흘리면서 운동을 좀 해야지, 이러다가 뒤처지면 정말 대책 없다."

"휴우, 그래, 가보자. 이종족들과 대련하다 보면 얻어 걸리는 것도 있고 그렇더라고."

"맞아. 배울 것이 많지."

한참을 휴게실에서 떠들어대던 어스 부대원들이 우르르 몰려서 펜타곤의 중앙 연병장으로 향했다.

다른 부대원들은 그저 숙소나 거점 정도로 부르는 곳이지만 어스 부대원들은 언제부턴가 그들이 머무는 오각형 모양의 건물을 묶어서 펜타곤이라고 불렀다.

"어떻습니까?"

세현이 창가에 서서 어스 부대원들이 연병장으로 나와 다른 부대의 이종족들과 대련을 하는 모습을 보다가 뒤돌아서며 물었다.

"허허, 이젠 대부분 전투 피로에서 벗어난 것 같습니다. 부상자들도 치료가 되었고 말입니다."

"부상자 치료는 정말 다행이었습니다. 이곳의 의료 수준이 그렇게 대단할 거라곤 생각도 못했습니다."

"워낙 싸움이 끊이지 않는 곳이고 전투 자원을 어떻게든 유지해야 하니 당연히 치료술이 발달한 것이지요."

메콰스가 당연하다는 듯이 말했다.

관리본부의 의료 지원은 대단했다.

물론 공적 점수를 차감하는 것이긴 했지만 잘려나간 팔다리

의 복원도 어렵지 않다고 할 정도여서 어스 부대원들의 치료는
어렵지 않게 이루어졌다.

"이젠 어느 정도 부대원들도 휴식을 취한 것 같으니 다음 의
뢰를 생각해 봐야겠군요."

"허허, 알겠습니다. 이 늙은이가 다시 가서 적당한 것을 찾아
보겠습니다."

메콰스가 세현의 뜻을 짐작하고 자청해서 의뢰를 살펴보겠
다고 나섰다.

"고맙습니다. 그럼 부탁드리겠습니다."

아무래도 경험이 많은 메콰스가 의뢰를 살펴봐 주면 엉뚱한
실수는 없을 것 같아서 세현도 반기며 허락했다.

Chapter 8

크라딧과 마주하다

어스 부대는 개미지옥 전장에서 점차 명성을 쌓아갔다.

처음 붉은색 등급의 이면공간 의뢰를 시작으로 어스 부대는 조금씩 이면공간의 등급을 높여갔다.

사실 붉은색 등급의 첫 의뢰에서 파란색 등급 몬스터를 수십 마리나 잡았으니 이면공간의 등급을 높이는 것이 어스 부대에게 크게 무리가 가는 것은 아니었다.

그럼에도 세현은 어스 부대의 의뢰를 최하급에서부터 조금씩 높은 단계로 올려갔다.

뭐든 기초가 중요하다는 세현의 주장에 어스 부대원들도 딱히 반발하지 않고 따랐다.

어쨌건 분쟁 지역 투바부보에서 세현이 갑의 입장일 수밖에 없다는 것은 인정했기 때문이다.

천공기사의 능력을 따져도 그렇지만 막상 투바투보에서 지구로 귀환하는 방법이 세현 이외에는 없다는 현실적인 문제가 어스 부대원의 발목을 잡았다.

하지만 꼭 부대원들이 그런 이유로만 세현을 인정한 것은 아니었다.

차곡차곡 의뢰를 수행하는 과정에서 세현이 어스 부대의 대장으로 미흡한 면이 없었다는 것도 중요한 이유가 되었다.

부대원의 안전을 최우선으로 하면서도 언제나 성과를 만들어내는 부대 운용과 여러 팀으로 나누어져 있는 부대원들을 편애하지 않고 평등하게 대했다.

이런저런 이유로 세현이 어스 부대의 대장으로 완전히 자리를 잡으면서 부대의 움직임은 한층 유기적으로 변하고 또 틈이 없어졌다.

그렇게 어스 부대가 한창 주가를 올리고 있을 무렵, 개미지옥에 새로운 부대가 등장했다.

그때, 어스 부대의 대원 몇이 마침 새로운 부대가 도착하는 광장에서 구경하고 있었다.

사실 새로운 부대원들이 등장할 조짐이 보이면 주변에 있던 전사들이 우르르 몰려가서 신입을 환영하는 짓궂은 농담들을 던지는 것은 일종의 통과 의례 같은 것이다.

"뭐야? 어스 부대의 증원이야?"

새로운 부대가 도착하자 이종족 전사 중의 하나가 어스 부대원들을 보며 물었다.

"무슨 소리야? 우리 부대랑 상관없어."

구경 온 어스 부대원이 손을 내저었다.

"그런데 저것들, 너희 행성 출신 아니냐?"

"그러게. 딱 봐도 너희 행성 출신 같은데? 꼭 닮았잖아."

"뭐 세상은 넓으니까 지구라는 행성의 주민과 같은 인간들이 없다곤 할 수 없지만, 그래도 같은 행성인이라고 보는 것이 더 가능성이 높지 않을까?"

"나도 그 말에 동감이다. 야, 어스, 정말 아냐?"

하지만 다른 이종족들은 새로 나타난 부대가 어스 부대와 같은 행성일 거라고 추측했다.

"씨발, 우리랑 상관없는 놈들이라니까… 어, 잠깐, 근데 저것들 혹시 크라딧 놈들 아냐?"

어스 부대원이 짜증을 내며 대답하다가 곁에 있던 같은 부대원의 옆구리를 찌르며 크라딧이 아닌가 물었다.

"어째 기분이 싸한 것이 니 말이 맞는 것 같은데?"

질문을 받은 동료가 얼굴을 구기며 대답했다.

"숫자 봐라. 우와, 씨발! 백인대 정도 되는 것 같은데?"

"미치겠네… 가자, 대장님께 보고해야 할 것 같다."

"그래, 가자."

어스 부대원들은 크라딧 소속으로 보이는 부대의 등장에 급하게 세현을 찾아 움직였다.

"크라딧 놈들이 이곳에 왔다고?"

존슨이 얼굴을 붉히며 물었다.

"그렇다고 하더라고. 그냥 그 새끼들, 확 쓸어버려야 하는 건데 분쟁 지역에서 아군에 대한 적대 행위는 금지되어 있어서 그럴 수가 없잖아."

란탈로 역시 편치 않은 얼굴로 살짝 이를 갈았다.

"간단한 대련 정도면 몰라도 목숨을 끊어놓으면 정말 난리가 나지. 그건 이면공간으로 의뢰를 나가서도 마찬가지야. 지구에서와 달리 여기선 신분패 때문에 그것도 걸리거든."

압둘라가 그것만 아니었으면 한판 했을 것 같은 표정으로 말했다.

"결국 분쟁 지역 안에서는 오월동주란 말이군."

"주영휘, 오월동주, 그거 뭐냐?"

존슨이 물었다.

"적과의 동침!"

주영휘는 간단하게 오월동주의 의미를 설명했다.

"아, 그런 뜻이냐? 그거 별로 달갑지 않은데?"

세현이 주관하는 부대 간부회의에서 팀장들이 마구 떠들고 있었다.

세현은 팀장들이 떠드는 중에도 아무 말 없이 눈을 반쯤 감은 상태로 생각에 잠겨 있었다.

"일단 전달해. 우리 어스는 크라딧 놈들과 마찰을 일으키지 않는다. 적어도 놈들이 도발해 오기 전에는 못 본 척하고 그대로 무시한다."

세현이 한참 뒤에 눈을 뜨고 부대의 지침을 정했다.

"아니, 대장, 그럼 그놈들을 그냥 두자는 겁니까?"

존슨이 못마땅한 기색으로 세현에게 물었다.

"싸우고 싶으면 그놈들을 투바투보 밖으로 끌어내서 싸워. 여기선 안 돼. 여기서 문제를 일으키면 놈들을 처리하지 못하고 도리어 관리자의 처벌을 받게 될 확률이 높아."

"아, 관리자!"

세현의 말에 존슨이 퍼뜩 정신이 든 표정으로 중얼거렸다.

"맞아. 관리자가 있기 때문에 놈들과 마찰을 일으키면 손해야. 참, 놈들이 도발을 해와도 그냥 참으라고 해. 어쩌면 일부러 도발해서 우리를 엮으려고 할지도 몰라."

"설마 그렇게까지 하겠습니까?"

"나도 우리 부대원 중에서 못마땅한 놈이 있으면 그런 명령을 내리고 싶어. 크라딧 놈들에게 시비를 걸어서 한바탕 싸우다가 죽도록 터지라고 말이야."

"네?"

세현의 말이 뜻밖이었는지 팀장들이 어이가 없다는 표정을 지었다.

"다행스럽게도 어스 부대엔 내게 그렇게 밉보인 대원이 없어. 그러니까 그런 명령을 받을 일도 없겠지. 하지만 크라딧 쪽엔 그런 놈이 있을 수도 있지. 그럼 버리는 패로 사용하면서 우리를 곤란하게 만들 수 있지. 어때? 절대 그런 일이 벌어지지 않을 것 같아?"

세현이 그렇게 물어보자 팀장들의 표정이 바뀌었다.

충분히 가능성이 있는 이야기란 생각이 들었던 것이다.

그리고 세현의 그런 결정은 확실히 효과가 있었다.

크라딧에서 온 백 명의 전사들은 마침 미국에서 사라진 두 개의 거대 길드 중의 하나와 관계가 있는 이들이었다.

존슨은 백 명의 크라딧 전사 중에서 과거 미국을 대표하던 길드에 속해 있던 천공기사 몇을 확인했다.

비록 지위가 높은 천공기사는 아니었지만 존슨이 속한 길드가 목표로 한 길드였기 때문에 구성원들에 대해서 제법 아는 편이었고, 그것이 이번에 큰 역할을 했다.

개미지옥에 온 크라딧이 미국에서 실험을 한 두 개의 길드 중 한 곳에 속한 이들이란 것을 밝혀낸 것이다.

"창녀의 자식들, 모두 대가리에 구멍을 내줘야 하는 건데."

존슨은 그들이 미국에서 사라진 자들이란 사실을 알고 난 후로는 언제나 이를 부득부득 갈았다.

하지만 분쟁 지역 안에서 그들을 어떻게 하기란 쉽지 않았다.

더구나 어스 부대의 인원이 더 적은 상태라서 함께 작전에 나가서 그들을 곤란하게 만드는 방법을 쓰기도 어려웠다.

애초에 크라딧의 부대와 어스 부대는 잠시도 함께 같은 자리에 있기를 거부했다.

어스 부대가 그들을 피하기도 했지만 그들 역시 어스 부대를 피했다.

말 그대로 소 닭 보듯이 무시하며 지내는 시간이 이어졌다.

*   *   *

"이렇게 만나게 되는군, 진세현."

"나를 아나?"

"알 수밖에. 진강현의 동생이라며? 우리가 이면공간으로 사라진 후에 가면을 벗고 활동을 시작했다고 들었지."

"나 같은 놈에게 관심이 있었다니 의외로군. 나와 너희 크라딧과는 접점이 없었을 텐데."

세현이 살짝 날이 선 목소리로 말하며 크라딧의 부대를 이끄는 부대장을 노려봤다.

사십 대 초반 정도로 보이는 백인 사내는 세현의 대꾸에도 별로 신경 쓰지 않는다는 듯 표정에 변화가 없었다.

"그야 그렇지만 우리, 그러니까 너희가 크라딧이라 부르는 우리는 진강현을 모를 수가 없거든. 사실 진강현은 우리가 있을 수 있는 근원이나 마찬가지니까 말이야."

"그게 무슨 의미가 있지?"

"뭐, 별 의미야 없지. 하지만 마음속의 우상에 대한 관심은 자연스럽지 않나? 대부분의 1세대 천공기사들에게 진강현은 우상일 수밖에 없거든."

"우상이라… 그렇다고 해두지."

"거기다가 우리의 실험, 그 시작 역시 진강현이었다고. 그가 우리가 한 실험의 기초 자료를 어디선가 가지고 왔으니까 말이지."

"그 소리는 들었지. 우리 형이 아주 위험한 뭔가를 맡겨두면서 절대 열지 말라고 했는데 너도나도 그걸 열어보겠다고 지랄들을 했다고 말이야. 그래서 결국 형이 그것을 다시 찾아서 숨겨야 했다더군."

세현의 말은 신랄하기 짝이 없었다.

"뭐 그때는 그게 어떤 의미인지 제대로 몰랐으니까 말이야. 그래서 뭣도 모르고 폭탄을 모닥불 위에 올리려고 했던 거지."

"그건 너희도 같지 않나? 결국 실험은 실패했고, 지구는 몬스터들의 침입을 받게 되었어!"

세현의 목소리가 살짝 격앙되었다.

"아니, 실험은 성공했어."

"뭐라고?"

"왜 우리가 우리의 가족이나 우리와 연관된 사람들을 모두 실험장 근처에 모였다고 생각하는 거야? 그 실험은 그렇게 되도록 되어 있었어."

"그러니까 지구에 몬스터가 등장하게 될 거란 사실을 알면서도 너희만 이면공간으로 도망가기로 했던 거란 말이군? 뭐, 그런 추측을 하는 사람들도 제법 있었지. 그들의 생각이 맞았던 거군."

세현의 눈빛에 경멸의 빛이 담겼다.

자신들의 이익을 위해서 지구인 전체에게 재앙을 던진 이들에게 보내는 경멸이었다.

"어차피 지구에 몬스터가 나타나는 것은 시간문제였을 뿐이다. 그것을 조금 급진적으로 바꾼 것이 문제가 되나? 그렇게 함으로써 지구의 인류는 몬스터란 위협을 더욱 확실하게 느낄 수 있었고, 그 덕분에 천공기사나 헌터들이 뭉치지 않았나."

하지만 크라딧 부대의 부대장은 자신들에게 잘못이 없다는 듯이 변명을 늘어놓았다.

"너희가 뭐라고 변명을 해도 피할 수 없는 사실이 있어. 그 하나는 너희가 지구에 몬스터 대란을 일으킨 원인이라는 거고, 둘은 너희가 지구를 버리고 이면공간으로 사라졌다는 거야. 자신만 살기 위해."

세현은 그것만으로도 크라딧은 인류의 배신자요 죄인이라고 생각했다.

"서로의 견해 차이를 줄이긴 어렵겠지. 하지만 이곳 투바투보에선 서로에 대한 묵은 감정을 덮어 두는 것이 어떤가?"

"어차피 우린 서로 데면데면한 사이가 아닌가? 굳이 그런 말을 할 필요가 있나?"

"아무래도 같은 행성 출신 아닌가. 서로 좋게 지내자는 이야기지."

"개소리란 건 당신도 알겠지? 차라리 다른 이종족 부대와 가까이 지낼망정 너희와 함께할 생각은 절대 없다."

세현은 크라딧 부대의 대장에서 단호하고 격하게 거부감을 드러냈다.

"음. 생각보다 골이 깊군. 진강현의 동생이라면 조금 더 생각이 트여 있을 줄 알았는데 말이야. 진강현은 다른 사람들보다 생각이 자유로운 사람이었지. 우리, 그러니까 너희들이 크라딧이라고 부르는 우리는 따지고 보면 선구자요, 개척자라고 할 수 있지. 이면공간에 적극적으로 뛰어들어서 새로운 세상을 만들어가고 있으니 말이야. 좁은 지구에서 벗어나 드넓은 세상으로 나온 것뿐이지. 언젠가 지구가 멸망을 하더라도 지구인은 멸망하지 않겠지. 우리가 있으니까."

"그런 개소릴 잘도 늘어놓는군. 지구가 멸망해? 그게 겁나서 이면공간에 지구인의 씨를 뿌리기로 하셨나? 하지만 우리 지구에 남은 이들은 너희를 지구 인류의 적자(嫡子)로 생각하지 않아. 너희는 배반자요, 도망자요, 죄인들이지. 만약 지구가 멸망한다고 해도 그때 너희에게 붙을 꼬리표는 도망자, 혹은 지구를 멸망시킨 죄인일 뿐이야."

세현은 한 치도 물러서지 않고 크라딧 부대장의 말에 반박했다.

"좁힐 수 없는 간극을 확인했을 뿐이군. 그것참."

결국 세현의 마음을 돌릴 수 없다는 것을 깨달았는지 크라딧의 부대장이 쓴웃음을 지었다.

"될 수 있으면 얼굴을 보지 않았으면 좋겠군. 덕분에 잠시 쉬려던 여유도 망쳤단 말이지."

세현이 탁자에서 일어나며 중얼거렸다.

관리본부에서 의뢰를 살피다가 잠시 휴게실에서 쉬고 있는데 크라딧의 부대장이 세현의 맞은편에 앉으면서 시작된 대화는 그렇게 끝이 났다.

서로 극단적인 입장 차이가 있음을 확인한 상태로.

그들이 개미지옥에 온 이유가 있었다.

땡땡땡땡땡!

웨에에에에에에에에엥!

땡땡땡땡땡!

웨에에에에에엥에에엥!

"뭐야? 무슨 일이야?"

갑작스럽게 거점 도시 전체가 소란스러워졌다.

곳곳에서 긴급 사태를 알리는 종소리가 들리고, 관리본부에서는 사이렌이 울렸다.

"야, 모두 움직여! 이건 전체 소집 신호야! 어서!"

그때 한 건물을 사용하는 수인족 부대의 전사가 어스 부대원에게 고함을 질렀다.

"전체 소집? 그런 것도 있었어?"

"몽땅 나가서 싸워야 할 일이 생기면 당연히 소집해야지. 아니면 다 죽을지도 모르니까."

"뭐? 빌어먹을! 알았어!"

어스 부대원이 화들짝 놀라서 대답하고는 급하게 숙소로 내달렸다.

그리고 그가 숙소 앞에 도착했을 때, 어스 부대의 대원들 대부분이 벌써 연병장에 집합해서 인원 파악을 하고 있었다.

"아, 저기 온다. 저놈이 마지막이야. 우리 팀은 집합 완료!"

란탈로가 세현을 향해 인원 보고를 했다.

"저기 저희 팀의 결원 세 명도 도착하고 있습니다, 대장님."

팀 미래로의 현필도 지금 막 건물 모퉁이를 돌아오는 세 명의 대원을 확인하고는 고함을 질렀다.

"좋아, 다 모였군. 그럼 출발한다. 메콰스, 괜찮겠습니까?"

"보급품이 조금 모자라긴 하겠지만 평소 준비해 둔 것들이 있어서 크게 문제는 안 될 겁니다."

"그럼 가보죠."

세현이 어스 부대원 전체를 이끌고 관리본부 쪽으로 움직이기 시작했다.

그리고 관리본부에 도착한 세현은 관리본부의 사무직원들로부터 배치 명령서를 받아 들고 급하게 전선으로 이동했다.

분지의 중앙.

언제나 크고 작은 전투가 끊이지 않는 그곳은 어스 부대가 도착했을 때 적과 아군이 뒤엉켜 혼전을 벌이고 있었다.

"이게 무슨 미친 짓이야? 왜 갑자기 저것들이 전면전을 벌이는 거야?"

주영휘 팀장이 질린 표정으로 전장으로 보며 말했다.

어스 부대원 수십 명이 끼어든다고 뭐가 달라질까 싶은 거대한 전투였다.

조금 떨어진 상태로 그 모습을 바라보는 어스 부대원들은 자신들이 저 안에서 뭔가 할 수 있을까 하는 회의마저 느끼고 있었다.

마치 저기에 휩쓸리면 파도에 허물어지는 두꺼비집 신세가 될 거란 느낌.

"자, 차근차근 이동한다. 우리에게 주어진 임무는 오른쪽 날개에 힘을 보태는 거다."

하지만 세현은 차분하게 부대원들을 이끌었다.

어차피 피할 수 없는 싸움이라면 최선을 다하는 것 이외에 답은 없었다.

"이거 살벌하네."

"긴장들 하자. 전선이 제대로 형성이 안 되어 있어. 몬스터들이 여기저기에서 날뛴다."

팀장들도 자신의 팀원을 다독였다.

우우우웅! 우우웅! 우우웅!

앞서서 걸음을 옮기는 세현의 주변으로 마법진들이 선명하게 떠오르기 시작했다.

그 모습에 어스 부대원들의 불안감이 조금은 가라앉았다.

세현의 트레이드 마크로 소문이 난 번개 마법진이었다.

'미니맵으로 몬스터와 인간을 구별할 수 있으면 좋을 텐데 그게 안 되니 아쉽네.'

[음음. 가까워지면 확인할 수 있어. 몬스터 빨간색, 사람은 녹색이야. 앙켑스로 약해지면 빨간색 몬스터, 노랗게 변해.]

'그래, 알아. 그래도 미니맵에 사람들 모두 구별할 수 있으면 위험한 사람들 찾을 수 있잖아. 그럼 가서 도울 수도 있고. 방법이 있으면 좋겠는데. 음? 혹시 신분패로 사람과 몬스터를 구별할 수 없어?'

세현이 '팥쥐'에게 물었다.

[음? 음! 음!! 할 수 있어. 음음.]

'그럼 신분패를 지니고 있는 것은 사람으로 일단 구별해서 표시해 봐. 그럼 조금 더 전황을 살피기에 좋겠다.'

다른 곳에서는 쓰지 못하지만 분쟁 지역 안에서는 확실히 사용할 수 있는 구별법이었다.

그게 된다면 미니맵의 활용도가 훨씬 높아지리라.

분쟁 지역 개미지옥의 중앙 전장은 크고 작은 바위 언덕이 연이어 있고, 중간에 그 언덕들이 만들어놓은 계곡이 늘어서 있는 지형이었다.

때문에 여기저기 몸을 숨기기에 좋은 곳이 많았고, 또 인원을 소수로 분산시키는 지형적인 효과가 있었다.

엄청난 숫자의 전사들과 몬스터들이 혼전을 펼치고 있지만 막상 전장으로 들어가면 소규모 전투가 벌어지는 것이 보통이다.

어스 부대 역시 오른쪽 날개에 파견되어 전장으로 들어서는 순간 계곡 하나를 앞에 두게 되었다.

"좌우 절벽 위에 매복은 없다. 빠르게 전진한다. 앞쪽 300m 거리에서 아군과 몬스터의 싸움이 벌어지는 중이다. 아군은 10, 몬스터의 수는 30 정도다. 서두른다."

세현이 계곡 앞에서 주춤한 부대원들에게 상황을 전파하며 급하게 달려가기 시작하자 어스 부대원들이 어리둥절한 표정으로 몸을 날렸다.

"어떻게 안 거래?"

"몰라. 워낙 대장이 감지 능력이 뛰어나잖아."

"그래도 말이 되냐? 절벽으로 가로막힌 300m 앞에서 벌어지는 전투 상황을 여기서 알 수 있다고?"

"몰라. 뭔가 새로운 방법이 생겼나 보지. 아니면 능력을 한 단계 끌어올렸거나."

"아무튼 우리 대장, 보통이 아닌 것은 분명해."

"그러게 말이다. 하아! 하아! 말 그만하자. 호흡 흐트러진다."

"그, 그래."

투황, 투황, 투투황!

파지직! 파지직! 파지지직! 피잉! 피이잉! 피잉!

팀 미래로의 원거리 공격에 세현의 마법, 이춘길의 화살 공격으로 어스 부대의 공격이 시작된 것은 오래전부터였다.

일단 원거리 공격이 가능한 대원들이 공격을 시작하면 곧바로 근거리 공격을 맡은 대원들이 혼란에 빠진 몬스터를 공격한다.

그것이 어스 부대의 전형적인 공격 방법이었다.

"우와! 지원군이다! 힘내!"

"크흐흑! 사, 살았다!"

"조금만 더 버텨!"

열 명의 전사가 몬스터들에게 포위된 상태로 겨우겨우 버티고 있다가 어스 부대의 공격이 시작되자 환호성을 올리며 기운을 내기 시작했다.

곧바로 원거리 공격에 이어서 어스 부대원들이 몬스터들에게 들이닥쳤다.

"이것들, 제법 등급이 높은데? 초록색하고 파란색 등급이야."

"남색이 없는 걸 다행이라고 생각해야지. 자, 쓸어버려!"

"우라차차아아!"

"죽어!"

"하압!"

콰과광! 카타탕! 카리릭!

대체로 몬스터의 에테르 스킨이 남아 있는 동안에는 아무리 공격해도 겨우 에테르와 에테르의 상쇄 작용이 밀어날 뿐이다.

에테르 스킨을 걷어낸 후에야 겨우 본체에 상처를 줄 수 있었다.

하지만 그것도 한꺼번에 정도 이상의 공격을 받으면 에테르 스킨이 한꺼번에 벗겨지기도 했다.

그래서 팀 미래로는 언제부턴가 열 명이 하나의 목표를 같은 호흡으로 공격하는 방법을 사용하고 있었다.

초기에는 순간적인 타이밍을 맞추지 못하는 경우가 많았지만, 이제는 열 명이 쏘는 무기가 한 사람이 쏘는 것처럼 자유자재로 공격할 수 있게 되었다.

투콰앙! 퍼벙! 터털썩!

"오케이! 다음은 머리에 뿔 셋 달린 고양이!"

"팀장님, 고양이가 어디?"

"농담하면 죽는다?"

"아니, 뿔 셋 달린 건 찾았지만 저게 어딜 봐서 고양이랍니까?"

"조준!"

"알았어요, 알았어!"

"발사!"

투콰앙! 콰과광!

크아아앙! 크앙!

"안 죽었다! 다시 조준! 발사!"

투쾅! 투황! 투황! 퍼벙! 퍽! 퍽! 털썩!

"이번에 호흡 못 맞춘 놈들! 정신 안 차려?"

"죄, 죄송합니다."

"시정하겠습니다."

"다시 총열 식히면서 탄 갈아! 이번에는 저쪽에 날뛰고 있는 박쥐 날개!"

"알겠습니다."

팀 미래로는 첫 전투 후에 그들이 확보한 점수를 몽땅 쓸어 넣어서 그들의 원거리 무기의 탄을 만들었다.

사실 팀 미래로의 무기는 세현이 돌비틀 종족에게 받은 것을 인간의 신체에 맞게 개량한 것으로 탄이 없어도 사용이 가능하긴 했다.

하지만 무기에 에테르를 주입하고 발사하는 데 시간이 오래 걸려서 에테르 주얼을 이용한 탄을 개발한 것이다.

그런데 그것을 이곳 관리본부에서는 공적 점수로 탄을 만들어주었다.

사실상 전사들이 가지고 있는 어떤 무기나 아티팩트도 공적 점수만 있다면 관리본부에서 구입할 수 있었다.

다만 관리본부에서는 개인이 지닌 어떤 것도 타인에게 제작 판매하지 않았다.

대신에 개인이 지닌 것 중에 유용한 것이 있으면 그것을 공적 점수로 구입하기도 했다.

어스 부대의 팀 미래로가 지닌 무기는 그 대상이 아니었지만 그 무기에 사용할 수 있는 탄은 관리본부에서 꽤나 많은 공적 점수를 내걸고 구입 요청을 했다.

세현은 어차피 지구에서 제작하고 있는 것이니 이곳 분쟁 지역에 도움이 된다면 나쁠 것이 없다 싶어서 판매를 했고, 그 공적 점수는 고스란히 세현에게 쌓여 있었다.

"으라찻차! 아군과 합류! 일단 지친 사람들을 보호한다!"

"맡겨! 우리가 또 그건 잘하거든!"

유럽 팀의 팀원들이 힘겹게 사투를 벌이던 이종족 전사들의 안전을 확보하고 호위를 시작했다.

그리고 그 틈에 다른 팀들이 이중으로 다시 방어선을 만들었다.

"좋아, 이젠 마음 놓고 날뛰어도 된다는 거지?"

"여긴 나 혼자도 되거든?"

"란탈로, 정말 괜찮겠냐?"

"당연하지. 내가 누구야? 철벽의 란탈로라고!"

유럽 팀의 팀장인 란탈로는 자신의 각성 스킬을 언제부턴가 대놓고 사용했다.

그의 능력은 실드, 즉 방어막을 형성하는 것이다.

매우 강력한 방어막을 만들어서 일정 범위를 보호하는 것이
그의 능력이었는데 특히 팀 미래로와 상성이 잘 맞았다.

란탈로의 방어막 안에서는 외부로 원거리 공격을 하는 것이
가능했던 것이다.

다만 란탈로의 방어막은 이동이 불가능하고 시간제한이 있
다는 단점이 있었다.

그의 에테르가 충만했을 때를 기준으로 약 30분 정도 사용
할 수 있는 능력이지만 란탈로는 그것을 5분 간격으로 끊어서
사용할 수 있었다.

그 이하로는 아직 능력을 분배해서 쓰는 데 성공하지 못하고
있었다.

"자, 가자. 팀장이 알아서 한다니까."

"그럼 수고해, 팀장."

유럽 팀의 대원들이 란탈로를 두고 몬스터를 향해 달려갔다.

란탈로의 곁에는 지치고 상처 입은 이종족 전사들만 남았다.

"하하하, 걱정하지 마. 잠깐 동안은 안전할 테니까 말이야. 자,
다들 앉아서 쉬어. 물이라도 좀 마시고."

란탈로가 멀뚱히 바라보는 이종족 전사에게 활짝 웃으며 말
했다. 그사이에 란탈로의 방어막 밖에서는 어스 부대가 몬스터
들을 쓸어버리고 있었다.

"고맙다."

이종족 전사 하나가 란탈로에게 다가와 인사했다.

"뭘, 같은 편끼리 돕는 거지. 그런데 무슨 일이야? 왜 갑자기 전면전이야?"

란탈로는 혹시나 상황을 아는 것이 있는가 싶어서 물었다.

"행성 코어가 발견되었다는 소리가 있어. 이쪽 어딘가 있다더 군."

"뭐? 행성 코어?"

"몰라?"

"그게 뭔데? 그것도 에테르 코어와 같은 거야?"

"맞아. 에테르 코어지. 하지만 이 행성에 있는 모든 에테르 코어의 모체라고 보면 되는 거야. 한마디로 투바투보의 에테르 기반 생명체 모두를 거느린 귀하신 몸이지."

"그런 것이 여기에 있다고? 아니, 어떻게? 그런 건 저기 몬스터 놈들의 땅 깊은 곳에 있어야 하는 거 아냐?"

"그렇지. 당연히 그렇게 생각했는데 여기 이 분지 지하에 있는 모양이야. 원래 행성 코어는 처음 자리를 잡은 곳에서 움직이지 못하니까. 그것이 이 투바투보에 왔을 때 이쪽에 자리를 잡았던 거지."

"그럼 몬스터들이 당연히 죽자고 여길 지켜야 하는 거잖아."

"그게 잘은 모르지만 행성 코어가 또 완전히 몬스터의 편은 아닌 모양이야. 복잡한데 일종의 중립적인 성향이라고 할까? 뭐 그렇다고 하더라고. 아무튼 문제는 그걸 어느 쪽에서 차지하느냐에 따라서 전쟁이 끝장이 나는 거지. 그래서 난리가 난 거야."

"그거 무시무시하네."

"그렇지. 지금은 그나마 잡병들끼리 싸우는 거고, 조만간 남색 등급과 보라색 등급 수준의 전사들과 마가스, 폴리몬들이 날뛰기 시작하겠지. 그 싸움이 승패를 가를 거고."

"결국 지금 싸우고 있는 건 별 의미가 없다는 거네?"

"그래도 혹시라도 우리 같은 하급 전사들이 그 코어를 취하거나 할 가능성이 없는 건 아니니까 거물들이 등장하기 전까지는 계속 싸워야지. 밀리게 되면 상대에게 기회를 주게 되는 거니까."

"기가 막히네. 갑자기 이게 무슨 일이람."

란탈로가 어이가 없다는 표정을 지었다.

그런 란탈로에게 주변 정리를 마친 어스 부대원들이 모여들고 있었다.

『천공기』 5권에 계속…

초대형 24시 만화방

신간 100%, 샤워실, 흡연실, 수면실(침대석), 커플석, 세탁기 완비

■ 강북 노원역점 ■

서울 노원구 상계동 340-6 노원역 1번 출구 앞 3층
02) 951-8324 (화용빌딩 3층)

■ 일산 정발산역점 ■

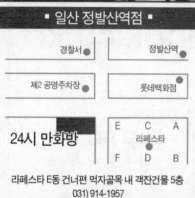

라페스타 E동 건너편 먹자골목 내 객잔건물 5층
031) 914-1957

■ 일산 화정역점 ■

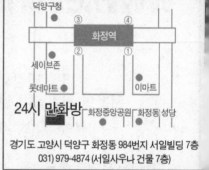

경기도 고양시 덕양구 화정동 984번지 서일빌딩 7층
031) 979-4874 (서일사우나 건물 7층)

■ 부천 역곡역점 ■

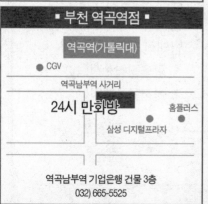

역곡남부역 기업은행 건물 3층
032) 665-5525

■ 부평역점 ■

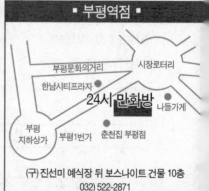

(구) 진선미 예식장 뒤 보스나이트 건물 10층
032) 522-2871